盐的家族

缪克构 著

华东师范大学出版社

华东师范大学出版社六点分社 策划

目录

卷一
大海与盐

- 3　名字
- 4　秘密
- 6　寻盐
- 15　盐
- 22　简史
- 23　垫子
- 25　祖父小史
- 27　送行
- 28　祖母小史
- 30　寂静
- 31　背
- 33　不倦的渔火
- 34　手足
- 36　年轮
- 37　盐的家族
- 46　相隔
- 47　交谈
- 48　海神

49 先生小史

51 姨父小史

53 木匠

54 悬棺

55 海之乡

62 旱地

63 招潮

65 听雷

卷二
城市密码

75 地铁车站
76 一个孩子在风中奔跑
77 大风把尘沙吹尽
78 一百片叶子中的一片
79 力量
80 雨的声音
81 独自开放
83 在她陌生的城市
84 女孩子
85 秋风
86 带动
89 判决
92 线路
93 正午
95 茂名北路黄昏
96 外省书
97 远和近
98 回响

99 偏右
100 立冬
101 发觉
102 凤眼
103 蜜
104 撒盐
105 死亡证明
106 梅雨
107 听听
108 陆家嘴
110 鹦鹉螺
112 日晖港
113 大洋山
115 横沙岛
116 雀鸣渡

卷三　　　121　枫叶飘零的国度
日月诗篇　128　布拉格的秋天
　　　　　129　人骨教堂
　　　　　131　出埃及记
　　　　　138　日月诗篇
　　　　　143　亡灵节
　　　　　144　星空
　　　　　145　孟买
　　　　　146　三角梅
　　　　　147　访摩耶精舍
　　　　　148　丝路组曲
　　　　　154　下西洋
　　　　　156　边塞
　　　　　157　马蹄寺
　　　　　158　听泉
　　　　　161　黑马
　　　　　164　火车

卷四　　　　169　羿
羿的传说

卷一 大海与盐

名字

我的名字,语出《文心雕龙》:景文克构
意为子承父业,并发扬光大
这让我陷入长久的羞愧

祖父是一个在海边晒盐的盐民
每年夏天,都会拦截一段大海
在太阳底下蒸发
凝结成一种称为"盐"的晶体
父亲则是一个渔民,他在茫茫大海上
一次次撒下渔网
有时候空无所获,有时候
捞上来满载的鱼虾和蟹
而我,既不会晒盐,也不会捉海
只会写一些"无用"之诗

帮我起名的乡村私塾先生安慰我
这其实也是在生活中提取光
他今年九十岁了,我相信他的话

秘密

父亲把风暴藏进了大海
我在黄鱼的耳石里
听到了雷鸣

风暴的前身是闪电
它被祖父藏进了大海
我吃到的盐里有光

作为盐民和渔民的后代
我的胸中藏着一个大海
大海里的闪电
大海里的风暴
都在敲打着我的骨头
夜深人静时我会把它抽出来
像一根笛子般
吹一首安魂曲
连惊涛听了也会翩翩起舞
连乌云听了也会散开阴霾
人世需要这样美妙的声音
如同大海的深渊
都有一根定海的神针

我也有秘不示人的法宝：
一副用以护身的墨囊
用以遮蔽那些天敌的眼睛
它们是：小恶，大悲，绝望，慵懒和虚无

此外，我对世间万物抱有善意
据说，这是一个家族生生不息的秘密

寻盐

一九三七

脚下的故土无法舍弃
哪怕它是汹涌的海
俯身的劳作无可选择
哪怕刨出的是苦涩的盐
在汗水里打捞岁月
有时候只是一张空空如也的网
在睡梦中疾走
有时候只是为了回到噩耗前的那一刻宁静
对生活,祖辈们所求无多
儿孙们拿着无形的鞭子
抽打他们把养育之责担负
他们,也会冷冷瞟一眼已经夭折的孩子
用一张草席把他卷起
埋入亲手用锄头挖好的坑

一九五八

收割，漫无目标
得到一捆稻禾
就失去一个村庄

晒滩，看天行事
得到一粒盐晶
就失去一片大海

粮食是短暂的
只有海水没有荒年
祖父仅剩的力气，从盐里提炼光

锰

必须用力过猛,祖父
才能在大伏结束前晒出一担好盐
这个猛字,也许应该用金字旁:锰
因为,在海边赤裸的太阳底下
其他的动物都已经消遁无影
而他带着五个还未成年的儿子
挑泥,耙土,淋卤,打花,收获浅浅的一层盐晶

祖母将几粒盐花拍进饭团
则显示了某种轻
她踮着小脚把午饭送到盐仓
仿佛只是为了目睹——
祖父像一个化学家一般
把五个儿子融进海水

据说,在钢中加入百分之二的锰
就会脆得像玻璃一样
而再加入百分之十以上的同样物质
高锰钢就会变得坚硬,又富有韧性
从而用途广大

置换

故乡人习惯在盛夏时节
泡一坛杨梅酒
在密封的环境中,杨梅的汁液
会与高度的酒精作美妙的分子置换
因此,喝下两大碗酒水
也可安然无恙,而吞下梅子两颗
就会飘飘欲仙,大话连篇

晒盐人偏爱这酒
仿佛一个大洋的海水
在盛夏的闷罐子里,都可以
与体内的一腔热血作分子置换

喝了杨梅酒就可以力大无穷
把沉沉的夜晚睡个底儿朝天
儿子们鱼贯而出
小小的身子骨像柴禾一样熊熊燃烧
把一个大海的水,浓缩成一坛盐晶
很多年了,作为晒盐人的子孙

我仍听得见自己的骨头里
酒精,氯和钠,进进出出的声响

寻盐

盐是想象
空气、水、土壤、阳光
是边界,也是无边无界

经由人,盐形成闭环:
泪水,血和汗
传导复杂的人性
让盐成为情感

溢出的那一部分
让盐成为理智
你甚至不能在上面添加任何一勺

归还

从大海中取走的盐
我不准备归还了
被太阳掳去的汗珠
我也不准备索回
就让它们在尘世中奔走一会儿
当我沉睡的时候
它们，就会醒来
我把汗珠归还给大海
让盐，在太阳下闪着光

盐,几种化身

世上确有一种物质
融化后是一个大海
浓缩时,是脑际的一颗耳石
如果说它是留给人间的一声绝响
也不为过:骨头燃烧后
会剩下洁白的晶体几颗

在过于宏大的命运面前
最不适合安放它的地方
是母亲的瞳仁

消逝

曾经,用煎,煮,熬,晒
这些人间最咬牙切齿的字,制盐
用铁盘,篾盘,铁锅,缸坦
这些世上最令人胆战心惊的刑具,制盐
用刮泥,淋卤,泼灰,打花
这些心田最恓惶苦楚的劳作,制盐

如今,脚下的大海已被一个新城填埋
盐泥,盐水,盐卤,盐晶,仍在地底下沸腾
它们沿着水管,煤气管,电缆,光纤
挣扎,扭动,呼啸
在未撤离的脚手架上喘息
在移植的大树上趴着
在高耸的楼顶上看着放大的太阳
它们,最终被夜里的万家灯火驱赶
投向更远处的大海
并在人心上溃散

盐

1

盐是生计,因此,暴晒,煎熬,压榨
都是可以忍受的劳作
盐是生涯,是少年人的一段愁肠
是中年的隐疾和老来的霜与雪
是说亲,盖房,为老人送终
盐是生死,没有盐就没有一个家族的繁衍
盐如此浓缩,让死得以不朽
很难说,一滴海水熬成盐是生还是死
如同一粒盐融于水,不知是死还是生
不知生焉知死。死后复生,生死循环
死生契阔。生即是死,死即是生
生生死死,死死生生
不生不死,不死不生
舍生忘死,忘生忘死
无生无死

2

传说,为那一方盐池

黄帝和蚩尤曾在涿鹿大战

万乘之国，曾在盐里加价

盐和铁，曾令剽悍的匈奴胆寒

"天下之赋，盐利其半"

盐税开辟滚滚财源

令贱民驱妻逐子，把大海煎干

宫闱服御，军饷，俸禄，一片刀光剑影

一度，盐钞如废纸，朝为豪商，夕伎流丐

几回回，白花花的盐是白花花的银

四十万两白银只够演一出《长生殿》

在最后一个朝代，公卿大夫和闺阁小姐的赌饷

摇动立国之本，那一座盐砌的白塔

国家所托命，隐于黑幕之中

经济的命脉，前途的命门

那是朝廷和老爷们的殚精竭虑

高居庙堂之上，帝王，每天也只需要六克盐

用以维持心脏正常的跳动

连年亏空的国库，须榨干一个大海

食用海底那六十米厚的盐层

而走在山道旁，竹筏上，廊桥中

越了界的盐，是恩怨，是私利，是财富，也是脑袋

惊慌失措的贩夫走卒,皆坐死
江山之大,盐是最重的压舱石
人间悲苦,终究不过细盐一颗

3

因为盐,故乡一再破败
人世飘零,在志书里一页页写着:
宋孝宗乾道二年八月十七日,海潮淹人覆舟,
坏屋舍,漂盐场,浮尸无数,田禾三年无收
元成宗大德元年七月十四日,海溢高二丈,
飘荡民舍、盐灶,两县溺死六千八百人
明洪武八年七月,海溢高三丈,
沿江居民死者二千余人
清乾隆廿八年五月,海溢,水深五六尺,
八月潮退,尸横遍野……

也因为盐,故乡从未衰落
伤口本就有盐,因为更多盐的加入
而更快地凝固。盐总在召唤盐
所以泪水会召集泪水,汗水会召集汗水
血性会召集血性

仿佛已被腌制成一块晶石
一个靠海的村庄，拒绝任何的救赎

风声骤，涛声急
盐在加固脊背，迎向一堵堵浊浪
河山飘摇，家国离乱
最终靠一粒盐，定风波

4

世间万千凝结之物，都被命名为：
永恒。琥珀，玉石，水晶，珍珠和玛瑙
而盐是永恒之恒：它被大海派往人世
走动。它在太阳——这天空唯一的照耀之物照看下
走走停停，壮怀激烈，如同火和火的衍生物
盐让人在大海面前，获得了尊严
让人在太阳眼里，获得了光芒

据说，加热到八百零一度，盐会变成液体
而要得到盐蒸汽，则需抵达一千四百一十三度
没有烟，也没有灰烬
命运如此安排它们：铅与火

烈日。手掌是最温柔的部分
此后，是锅，是沸腾的油和水
此后，是人的周身，是血，汗和泪

这是显而易见的：在人体内反复出现的
也必将在时间里反复出现
前者，味蕾是唯一的检验师
而后者，是无处不在的镜像，是一触即发的感官
盐的真身浩瀚无边，而盐的化身
百媚丛生：它们，时而香汗淋淋，时而喜极而泣，时而
　　歃血为盟

5

米其林的大厨告诉我
他最喜欢的是纯净的犹太盐
因为，后味回甘而适用于所有食物
我翻阅典籍，知道法国的盐之花
带有奇异的紫罗兰香味
吃下一口夏威夷的黑火山盐
口中会有连绵不绝的焦糖回荡
日本的烟熏盐里，有一股樱桃木的味道

而饮墨西哥的龙舌兰酒
如若在虎口涂抹一层大西洋的细盐
内心会澎湃不已

我还遇见一位焚香的女子
说在四月的甘南和藏南一带
掠过河谷的风,会带来一阵桃花盐
而喜马拉雅的玫瑰盐
会蛊惑一个书生,不再留恋江南
这些,都是我所未亲历的
在一缕沉香中,一粒盐在抒情
这让我愁肠百结

6

可见,痛苦会变成盐,欢乐
也会抵达同样的终点
从大海到人海,一粒盐走过千百年的孤独
无人能懂。你看到的那些光,是它闪亮的部分
它在记载中消失的部分
属于我们周遭无所不在的暗物质

在绵密的浸润中蚀骨,而又奋臂
在缭绕的气韵中风化,而又加厚
在隐晦的涛声中捉拿身上的妖
在离岸流的撤离中捉拿遗漏的沙
我两手空空,两眼空空——
细盐撤去,粗盐撤去
而后是盐卤,盐泥,盐水撤去
最后是一个大海撤去
只剩那灶间陶钵子里的碘盐
在蓝色的火光中,成为单纯的调味品

简史

百年人生删繁就简
无非就是将大海浓缩成一粒盐
然后加入阳光,雨水,笑声和泪影
把盐粒养大。
咸是不变的基因
把泪水多的,唤作女儿
把汗水多的,唤作儿子
把那些流入大海的血
唤作黄鱼,青蟹,红虾,淡菜和望潮
和子孙一起投入生长
并继续打捞
捞出风景,也捞出风暴
捞出故乡,也捞出异乡
捞出记忆,也捞出遗忘

垫子

马尔克斯告诉我们
父母健在,人和死亡
就会隔着一层垫子。父母不在了
我们就直接坐在了死亡上面

世居东海之滨
祖父和祖母,就是一个家族
挡在大海前面的那一层
最厚的垫子。在他们耄耋之年
有一股咸水穿了过来
并击溃了正在乡中育人的三叔
他们,缝缝补补又三年,另一个虫洞里
又漏进来一股盐卤
这回,目标是作为长子的父亲

行将百岁之际,垫子年久失修
海浪直接翻墙过来
卷走了我那个经年习武的堂弟
我这都还没有算上我的母亲
和二婶,死亡已从惊涛骇浪的大海
变成了川流不息的江河

我的另外三个叔叔，成为新的垫子
没有了父母的我们，兄弟三个
把崭新的垫子，慢慢做旧

祖父小史

当他,向大海切一块风暴
死亡,就让给他一块领地
他在一垄垄浪涛上种上盐
喊来雷声催眠
在喜怒无常的天象面前
他发怒时,力量大得像一场飓风
软弱时,见一片微风也会哇哇乱哭
居然,收获了五个儿子
从此,他不敢占据黑夜
对傍晚的一丝微光,也苦苦求乞
他得活着,就被活着这个魔鬼
追得到处乱跑
一路撒下二十一个孙辈
如果从远处看,就是一片竹林
从地底下看,就是一串土豆或者花生
当他,眼珠还不如汗滴明亮
双耳,依然能听见一根松针落地的声音
他已经糊涂得像一个瞌睡虫
还是没有找到死亡这条小径
四季的花都开败了
又为他接上了一个闰月
二月份的日历撕去了二十八张

还是没有翻到三月的第一天

他活在了儿子前头,又死在了孙子的后头

闲言碎语像小脚踩在冰渣子上

发出寒冷而又细碎的声音

他扔了拐杖,双拳

把自己捶得毫无还手之力

我的祖父,年轻时争分夺秒

老来发现,时间怎么也用不完

他被长寿逼得走投无路

又被死亡驱逐得无家可归

在一间草草搭就的土房子里

身边那个睡了七十多年的女人

半夜总是准时捅醒他

不要把小便尿在床上

送行

有三百或者五百人，为祖父送行
那天，天才蒙蒙亮，队伍看不到头
这时辰，他年轻时已经去晒盐
这时辰月光还在
像撒在地上的盐
乐队，唢呐和吹打，在队伍中间隔着
轮流把乐曲吹得响亮
鸟铳，鞭炮，老迈的女儿们哭声此起彼伏
反正，都是一些吵闹的动静
告诉人们一个长寿的老人走了
而最喧闹的大海，却安静下来
潮声还没有起来
——只有等潮水涨上来
才能为墓穴安上最后一块砖头

祖母小史

费了好些时日,终于弄清
祖母原来姓余。缪余氏——
在她晚年的画像下方
画师明白无误地写着。
经求证,唯一的来源是祖母的口述
那年她还活着
画师用炭笔,画了整整一个下午

这是幸运的,有多少乡村的老人
死的时候才被扶起来
留下一生中唯一的画像
即便挂在堂屋供子孙瞻仰
他们的双目也紧紧闭着

祖母带着大姑进门
后来又生下五男一女
但生儿育女这门技术
到她当了奶奶之后才炉火纯青
她用手抱着,用背扛着
一连又带大了十个孙子和五个孙女

在一个孙子眼里

祖母永远是个老人,永远是那么老
其实她真正的迟暮
是在被剥夺了带孩子的权利之后
——因为跌了一跤磕破了曾孙的脑袋
孙媳们纷纷把自家的孩子藏起
落寞写在祖母的脸上
并加速了夜幕的降临

寂静

祖母长久地坐着
她不太愿意在太阳底下
而是钟情那幽暗的角落
一张竹椅已经泛黄,磨得发亮
她深陷里面,仿佛二者本身就是一体
突然窜出的孙子往往被她吓一跳
而她纹丝不动,甚至那眼睛的细微一眨
就这样,她长久地对抗光阴的脚步
她想着什么,没有人知道
甚至她自己。她一定什么都没想
直至夜幕把她淹没
小小的盒子把她盛放
她都没有发出哪怕一点点声音

背

父亲俯卧在我的小床
他厚实的身材使小床显得平稳、扎实
裸露着的背部黝黑,像一块船板
而我用一双小手给他撞伤的背部抹上红花油
——记忆中这是我与父亲唯一的一次亲密

他的背粗糙、坚硬,弄疼了我的小手
是这堵背为我们负起了一个家
为风雨中漂泊的小船遮风挡雨
父亲的背这般伟岸,却为何让我感觉遥远?
——他更多地迎向风雨
却忘了伏身当一回我的坐骑

这一刻,他回到了我的眼前
把伤痛真实地留给床
他终于从模糊的背景中凸现出来
让我的小手受宠若惊
我努力让它们停止颤抖并加上力气细细涂抹

我的双眼被灼伤,双手被灼伤
抹在父亲背部的红花油侵入我的伤口
灼热、麻木的感觉从手上递向全身

而父亲纹丝不动像已入睡
或者正沉湎于我细小的按摩

这一次亲密几乎用尽我一生的力气
但未能阻挡父亲的背飞速地贴向土地
——父亲的背再也不会摆动了
他变得与大地一样平实
但我们生活的天平已经倾斜

不倦的渔火

涛声从海堤漫上来的时候
她正在箩里收藏一缕月光
然后轻盈地走向小木屋

没有人知道：儿孙满堂
她为何选择在海边独居
只有远去的孤帆
对应她无言的心事

十年前，我去看她
她已经像现在这样老
现在，她更加沉默寡言了
但不忘再送我一盏渔火

每一个在夜晚归来的渔民
都会从她那里得到了一盏渔火
因为有一盏灯在她心中常开不败

这个人，是我的母亲
她十年前就去世了
但依然点亮一盏又一盏渔火
等待父亲从海上归来

手足

他的躯体摆放在老屋
哭声一阵一阵将他抬起
我见到他时,他的脸已破碎
但摸上去温润犹存,富有弹性

胸膛内的心脏已停止跳动
隆隆的声音依然在响起
我的堂弟,二十八岁,身穿制服
与千里迢迢赶回的我作最后告别

整整四年,我们在同一座城市读书
而后,他重归故里,我他乡为客
相见时难别亦难
现在,永久的告别为相见圈上句号

在去火葬场的路上
死者比沉默的青山更平静
而生者比飞扬的尘土还要喧嚣
车轮滚滚,驶向过早来临的死亡约会

不锈钢阀门很快隔开了阴与阳
更平静的沉默,来到汉白玉骨灰盒——

凌晨三时，一辆超载的货车迎面驰来
没有更多的言语，堂弟的小车被揪住推后了五米
在黑暗的夜里，高速的孤独如幻灯般闪现
而弟弟的生命如水银般流泻……

年轮

稻叶笛总在故园脆脆地响
只听得那夕阳沉没明月升起
飞鸟衔尽最后的谷穗
母亲从荒凉的屋后走到啼血的山头

那一夜,小河奔流入海不复返
少年人沉默着早生华发
青壮年单臂划桨偷偷拭泪
老年人手执拐杖走到清明

稻叶笛总在异乡呜呜地响
河流凝固成街道已不止一条
高架路飞驰簌簌子弹载我
倾盆流星雨化作满城之灯火

这一夜,涛声依旧不问离愁
少年人走着走着驼了背
青壮年眼已昏花,认故人需走近了细瞧
老年人在清明
接受另一茬祭拜

盐的家族

老盐民

祖父的肋骨,在炉火里熊熊燃烧
发出烈日底下盐粒爆裂的声响
整整一个上午,加上延后的午餐时间
子孙们在守候一个大海的盐水被慢慢烤干
直至骨灰如白花花的盐晶
厚实、凝重、沉甸甸地装进盒子

"你们的老爷子,实在太经烧了"
殡仪馆的炉工抱怨着,接过信封里的小费
然后递来温热的汉白玉骨灰盒
祖父,这个行将百岁的老盐民
终于安静了下来
他身上的太阳和汗珠化在了青烟里
自身的盐化在了尘埃里

如若,把祖父的骨头拆下来熬汤
毫不夸张地说,可以熬出整个东海的盐
祖父身上的鞭痕,血痂和愤怒的毛孔
都会决堤……
一想到这些,我的眼里就涌出大把大把的盐

是的,作为一个盐民的后代
我有理由这么咸

盐的家族

父亲也晒盐,十六岁,骨头还没有长硬
他带着四个弟弟,在烈日下暴走
把大海里的水,蒸成薄薄的盐花
五个瘦小的身子骨
在太阳底下晒成又黑又瘦的木材
一点上火就能燃烧,一跳进河里就能把水吸干

到了中年,致命的疾病终于赶了上来
父亲倒下了,三叔倒下了
祖父这个老盐民,却活到了一百岁
他身上有太多的汗,太多的泪,都熬成了不朽的骨
像钢铁一般,不会弯曲和断裂了

这个苦难的家族
前半个世纪与贫穷和压迫斗争
后半个世纪,与疾病和恐惧搏击
那些惊涛,不会让你找到避风的港湾
那些浪花,也不会给你温柔的抚慰
只有那些交出去的盐
留下一丝甜蜜的回味

海的岸

船是海的第二条岸
海的第三条岸,是盐

岸,渡人生存的大地
船,渡人的躯体
只有盐,渡人的灵魂

出海是船,回头是盐
隔了一百年,祖父想清楚了这个道理
盐,从此被解下了绳索
心,也找到了岸

只是,面朝大海的坟茔
已长满了青青的墓草

变奏

祖父,晒了一生的盐
用来洗涤贫困,隐疾和变数
骨头里有着钙的硬质
日子里有氯和钠的涩与苦

在不屈的灵魂里
隐忍,在潮汐间起伏不安
泪水如大海的波涛般不竭
又如浪尖上的阳光翻涌
而欢笑是如此之少
如柔软的海草拂过

这是一个家族的命运
也是一个靠海的村庄的命运
往大里说,是半个省的命运

当我从太平洋上归来
在高空俯瞰故乡如手掌般伸出的地图
我的血液里弹唱的,仍是大海的变奏

我逃离又归来，逗留又逆袭
身体里的盐，仍在腌制不朽的村庄
和村庄里的家族，家族中的命运

返乡

闪电,亮一亮路
雷声从海上一路寻来
大雨的夜,洗涤一个多盐的村庄

在太阳升起来之前
大地是丰润的
这一泓了无痕迹的水
足够一个家族短暂稀释了咸

从海上到上海,二十年过去了
大雨还在驱赶波涛追逐着我
不管在宽阔的街道还是狭窄的弄堂
我再也不会在阳光下化作盐
我习惯了遗忘,适应了在生命中加入大勺的糖

返乡,让骨头里的盐
一点点咸到我的眼角
是那些梦,牵我回到故乡

回到盐

关于盐,我所知甚少
而关于苦难,我收集甚多
我血液里流淌着这个家族的笑声和泪影
我想,不能只有悲戚,只有苍凉
还需要脉脉的温情,还需要人间的大爱

我还是要回到盐
回到盐,就是回到血液
回到爱和温暖
回到盐,就是回到大海
回到宽广和浩渺
回到盐,就是回到太阳
回到光明和激情
回到盐,就是回到汗水
回到勤劳和收获
回到盐,就是回到健康
回到黑头发和古铜色的皮肤
回到盐,就是树回到根,叶子回到泥土
回到盐,也是回到出发

回到理想的发射塔

回到盐，也是回到宽容和放下

回到家族生生不息的繁衍

相隔

每年,我都要千里迢迢
去看望父母和祖父祖母
他们,也要跋山涉水
去看望我更早的祖先

这是最有可能发生的事:
当我和儿子在他们的墓前磕头
他们,正在另一座山头祭拜

——永世相隔不仅仅发生在生死间
也发生在消逝与更早的消逝间

交谈

清明时节,我们这样分配祭扫——
温州三年,南京三年
那里,分别埋着我的爷爷,和
妻子的祖父。他们
一个活到了一百岁
另一个,则早早选择了入土

后来,有了第四代
两个不相干的人
因此有了交谈的欲望
如若,我们在同一天里完成对他们的缅怀
毫无疑问
他们会坐起来,喝上一杯

另一个世界自有通道
何须我们劳神
我百思不得其解的
是他们交谈的内容
一个是白发苍苍的盐民
另一个,是受尽凌辱的书生
他们,开始时如何称呼
酣畅时,又如何把衷肠倾诉

海神

星群在浪涛间隐现
海鱼,在天空中游荡
依照食盐和光的指引
巨人饮下一片月色

潮声退去一些
他推着一架泥马船去采蛏
突然,一个看不见的人跟他厮打起来
一会儿把他打倒在滩涂
一会儿,又被他摔倒在洼地
一会儿把他的手脚用手脚捆绑起来
一会儿,头颅又被他的头颅撞出巨响
两人在海里较量了一个晚上
最后,他一身泥泞爬起来
空无所获回到家中

我的大伯已去世多年
但他当年跟我讲述的这个故事
仍历历在目
仿佛那年跟影子搏斗的人
不是他,而是我

先生小史

先生住在后岸,我住前岸
一条小河当中穿过
它的归宿是大海
养育我们的村庄叫海头
更早的名字叫盐廒
廒,就是仓库。我们以大海为生
捕鱼,晒盐,也种一小片土地
温饱,就是活着的法则

石板路上走着先生
作为乡村唯一的读书人
他的蓝色中山装口袋里
时常别着两支金色钢笔
我从未见过他何时出门
但每天可以看到他踏着晚霞归来
安排好我们的顽劣
他也赶海,插秧,锄草,割稻
他的家在一片稻田和树林的合围中
有时候是蛙声,有时候是蝉鸣
有时候,是琅琅的读书声
会一阵阵把屋子抬起
他也会抓偷瓜的少年

面红耳赤,用土语骂娘

秋冬,落叶纷纷扬扬时

可以看到先生在一片雾气中用清水洗头

我读初一那年,他已年过六十

我考上大学那年,他又接了一届新生

乡村缺的就是好老师

好的老师和好的医生一样

都被唤作"先生"

丁酉年腊月廿九

先生去世,享寿九十

我的脑中翻滚少年岁月,彻夜难眠

起身朝东方叩拜,磕三个响头

姨父小史

姨父生前喜爱画虎
求艺于哪位乡间画师已不可考
反正,自他之后这门手艺断了
他的四个儿子踏破铁鞋
也未能在江南平原已被拆除的老宅里
找到他早年无所不在的壁画

他画的老虎纤毫毕现
随意轻抚其中的一根金黄的毛发
都会传来惊雷般的虎啸
仿佛来自遥远的海边丛林
又仿佛来自脚下,两层地板的夹缝之间
早年他闯过东海,声音
只能来自翻卷的涛声
晚年他卧床十年,声音
也只能来自沉沉的深渊

姨父存世的作品却是一只公鸡
画于自家厅堂的门板上
两只鸡爪一高一低
扎成遒劲有力的八字
尾翼高高扬起,盖过挺立的鸡冠

它尖锐的喙子，存有雄鹰的骄傲
仿佛占据过蓝天，仿佛刺杀过猛虎
不过，这些都是我的臆测——
它猛回头时，眼睛
被设置在木板的一块疤痕上，因此，
别奢望能看出它的所思所想
甚至一点点的心里波动

木匠

师父用一把斧头
沿直线将木头劈开
而轮到我,斧头不是往左,就是往右
将一根木头砍得体无完肤

靠墨斗拉出直线
师徒二人,师父在上,徒弟在下
用一把锯子把木头分解成对称的两半

三十年后,我感到手中的力量在加重
立在上边的师父
突然消失了
木屑纷纷落下
掩饰了我的满脸泪痕

生活是一根竹子
巧匠也不能沿着墨迹行走
扒开胸膛取出肺中的锣音
师父,像一个初学音符的吹笛人

悬棺

鸟巢裸露在
褪光了树皮的枝丫
一口钟还悬挂着
当顽皮的孩子把它拉响
树上并没有鸟儿飞出

小学校还在
教室用作了花房
头顶那一副悬棺不见了
豁牙的门卫,是我同学的爷爷
每年,他都要把棺材放下来
刷一遍桐油
我们在午间围观
并轻嗅它好闻的气味

海之乡

海头

一个靠海的村庄
原来的名字叫"盐廒"
廒,就是仓房的意思
故乡人在这里晒盐、储盐
流下比海水还咸的汗滴
但没有一粒盐是属于他们的

后来的名字,才叫"海头"
在我祖父小时候
这里还是一片海
几十年填海填出的一个村庄
起了一个口气好大的名字
其实,最多也就是大海头上的几缕头发

我倒是蛮欣赏隔壁村庄的名字:海下
本来,就在海的下头
台风每年都来光顾
看着一片汪洋
你就知道这个名字有多贴切

现在,只经过三年围垦
一个四万平方米的城市就从海面升起了
一把,把故乡挤成了一幢楼
任凭踮起双脚
也吹不到一缕海风

这幢农民公寓
可笑地保留着"海头"的名字

旗杆底

另一个村庄原来的名字叫"旗杆底"
缪家的祠堂就建在那里
祠堂的门前有四杆旗
每一杆旗下写着一位读书人的名字

很多年了,我一直没有搞明白
那里记着哪四位先贤
却一直被祖先们崇尚耕读的精神感动
因为我写过几本书,编了几年报纸
族长打算把其中的一杆旗留给我
原来,在每杆旗下
每个年代都有不同的名字
记着"归去来兮"的子孙

后来,不知道谁改的名字,叫"合理"
除了几个老辈人
所有的乡亲都叫那个村庄"合理"
叫那个村庄的人"合理人"
考上大学时为我放映露天电影的村支书

被抓进去那一年
缪姓八个村庄的人们都在传:
"合理书记被抓起来啦"

其实,合理真正的名字叫"旗杆底"

路角

离"海头"最远的那个村庄
我知道名字的时候已经叫"民主"
母亲在世时信奉基督教
每个星期天做礼拜,她就说:
"我要到民主去了"
那里的村口有一座不起眼的教堂

我在城市待了二十年后
有一天,经过多方打听
终于知道这个扭扭歪歪的村庄
原来的名字叫"路角"
多么令人叫绝的名字啊
过了路角,就是一大片平原

族里第一个读了博士的兄长告诉我
他原来就住在民主
"民主在哪儿你知道吗
过了合理,就是民主"

两个村庄毗邻而居

河尾

我专门去看过一条河的断流处
知道河流原来是有尽头的
河流尽头的地方
有个村庄的名字叫"河尾"

我知道另外两条小河也在故乡断流
两个村庄各自抱着其中一条
一个叫"前岸",一个叫"后岸"
唯一不傍河的村庄
也有一个霸气的名字:大浃头
唯有抱着第三条小河的村庄
叫"尾","河尾"
这么多年了,没有人动过它的名字

后来,我终于搞明白原因
这里住着的几乎都是外姓人
靠与缪姓联姻,繁衍自己的家族

这里离海的垂直距离最远

人们需要起得更早、晒得更黑
才在海中讨得一份生活
奇怪的是,所有的捕海能手
几乎都出自河尾
他们捕的蟹更大,鱼虾更多
腰包也就更鼓

河尾,也许更合适的名字叫"海头"

旱地

在走向陆地之后
海涂,先在自己身上长出低矮的碱蓬
然后,站直一些,催生一种叫咸青的植物
——在变淡之前,她抽筋剥皮
把骨子里的盐一点点赶出来,挤出来,渗出来
唯恐不能交代自己所有的过往

然后是种番薯,藏着,掖着,在地下生长
长成后让猪拱,让鼠咬
然后是种瓜,甜瓜和香瓜
然后是种豆,绿豆和毛豆
最后,才成为一畦旱地
每天浇灌淡水
把最后的血稀释

——人们干得真绝
现在,可以在她的果实里撒盐了

招潮

隔了三十多年
方知这生物叫招潮蟹
能把潮水招来,又唤去
这是何等诗意?听巨响
在大地隆隆升起,又隐隐褪去
如梦如幻,如英雄气吞万里如虎
如美人迟暮,一灯如豆

它有一只巨螯,几乎占去体重一半
潮涨潮消时,用以挥棒
春来,用以求爱和格斗
一把大剪如火钳般烧得通红
在雷霆之力的掩护下
另一只螯,却细如麦芒
用以取食,剔牙。闲来在滩涂上
留下节拍,如电报的一连串密码

隔了三十多年方知
招潮蟹有不为人知的秘密
当巨螯不幸折断,取食螯就会飞速长大
直至成为一只一模一样的左勾拳
而在伤口的旧址上

会长出另一只取食螯
双螯左右替换，守护爱欲和粮食
如我繁衍至今的家族

听雷

雷暴在空中奏响
有时候会带来一场大雨
有时候,是惊涛骇浪
闪电是必然的光芒,并更早抵达
有时候它会深入到沉船
有时候,它则延续到次日的朝霞

对雷声,我已习以为常
那是地球引力必然会拖来的一条长舌
我在海面以下四十米的地方洄游
觅食,交配和生育
头痛欲裂地看着闪电在天空舞蹈
并看着它因过于恼怒而炸裂

我本不欲与雷声作过多交谈,但
众所周知——我耳际的两颗石头
是它派来的马匹和落日
并因日夜操练而闪闪发亮
你也许有所不知,长久以来
雷声,已成为我在人世的牵挂
因此,当惊雷炸响
我会露出海面看一看

并发出咕咕的叫喊

迎亲的队伍，敲着锣鼓
隔着大洋传来的裂缝
是一条细长的绳索
把鱼群捆绑到近海的暖流
好多的渔网在春天出发
密密麻麻地撒下
运盐的队伍，响起马蹄
隔着大地传来的雷击
是一针又一针绵密的针脚
把浪花和涛声拉近，捏紧
细细地缝起
闷如罐子的海面下
声音在到处反弹
这些人世的声音
在夜晚，安静下来了
迎来了大海上更粗壮的回声

有时候，雷声只是一片虚幻
在一片云的两端，或者
在两片云的中间走动的亮光

会跑很远的路

在一个万里无云的地方炸响

无辜的人们将它命名为晴天霹雳

有可能，这只是命运随意的选择

也有可能，闪电总能找到它所钟情的事物

在孤立的山顶

在河流、矿藏、森林的边界处

在地质的断层地带

在迎风的山坡，在向阳的土丘

闪电总能找到旷野中的人

并给他们喂养

从两片云中下来的愤怒

这无端的猜疑，这无名之火

有时候会找到头发，有时候只是眉毛，有时候

甚至是脚底的一双鞋子

有时候，也会把整个人搬到汽车外

据说球状的闪电

还会让红光或极亮白光的火球

从门，窗，烟囱这样的通道

侵入室内。在每个给定的时刻

世界上都有一千八百个雷电交加

在每秒钟发出的六百次闪电中

地球认领了其中的六分之一

我见得更多的
是那午后的惊雷
从北方来的寒冷气团
像楔子一般插入久晒的暖气团下方
闪电照一照路
过于饱和的水蒸气
便会在海面下起暴雨,甚至冰雹
它会找到铁塔,也会找到巨木,自然还有那风帆,看——
桅杆周围那一道火红的光
被大海上的人求乞为"圣艾尔摩之火"①
乞求神的护佑是徒劳的,因为
据可靠的消息称,雷电正来自于
一位喜怒无常的神
当它把开叉曲折的树枝点燃
枝状的闪电会在生物的神经里流窜
在人的一生中,也在鱼的一生中
留下难以忘怀的恐惧
年少时我曾听我的曾曾祖父说
在高耸的楼房到达海边之前
枝状的闪电每秒钟能够飞行万里

避雷的设备把它的火光取走后
剩余的枝蔓只能敲打那些弱小者的灵魂
当我游到鱼群密集的海域
天空中那片状的闪电也日渐稀少
——在我沉潜的深处
有鲸鲨的脊背,对应并——
校正那古老的星座

我还是说回我那曾曾祖父
这条老迈的鱼王,它的两颗耳石
已壮如落日。那些雷声
并不能激荡它的共振
在数以万计的电闪雷鸣中
它经历太多的生死,而忘记了生死
它对雷声过于敏感的神经
因一再启用而变得迟钝,生锈
它潜得越来越深了
那渔网到达不了的海域
雷电也望尘莫及
人类许以它身上的鱼胶以巨资
据说巨大的伤口在它的作用下
也可马上愈合

与比黄金还珍贵的一条鱼胶相比

肉身不过是腐朽之物

但也因肉身的存在

可以把巨石藏起

并在危险的时刻

释放求生的本能

作为一条孤独的黄鱼

在大海中,我很少找到同类

作为幸存者的后代

我遇到那些被圈养的

肥头大耳的黄鱼们

总是如梦游般不安。它们似乎

对隆隆雷声浑然不觉,或者早已习以为常

这一点,使得我在它们面前自惭形秽

我骨子里的,血液里的惊恐

我基因里的记忆仍在提醒我

雷声,并不仅仅是自然的现象

人为的轰鸣仍在四周潜伏

它潜伏得越深

便能以越快的速度返回

这是我曾祖父告诉我的

（如今，它也是一条年迈的漏网之鱼）

半个世纪以前，黄鱼家族的头顶之上

一再密布万千的巨雷

它们来自于大大小小的渔船上

一块块绑于船舷上的木板

据传，山上的柚子树，能把声音传得最远

它被解剖成一块块木板

在海面上的敲击之声

胜过那热雷电，锋雷电和超级闪电

在那密不透风的雷鸣中

脑袋里的两颗耳石

会以每秒难以数计的频次击打自身的神经

鱼生，会扑向某种虚空

如在天际的悬浮

只看见高邈的亮光

一个黄鱼的家族

在时兴时落的敲舢声中

争先恐后地扑向死亡

我的祖先因过于瘦小而存活至今

它并不相信，那些人为的恐吓已经消失

那马匹运来的石头仍在滚落

那云闪的光芒，仍有着无法抵挡的电荷
在它垂垂老矣的时候
已无法说出的准确的浩劫
全凭我在新的雷声中辨别
这些书本也不曾记载的知识
在一代代鱼的语焉不详的口述中
日渐式微。而新的雷暴滚滚发生
新的闪电日行万千光年
在自然的风声中
有无法破译的电码
更因隔了一层海水而呜咽不已

雷，回到云层
雷的声音被雨水暂时藏起
那些蓝色的、红色的、白色的火焰
被鸟的羽翼收走并养大
天空，空空如也
只有我脑袋里的两颗晶石
发出幻想般的轰鸣
在整个大洋里
激荡，碰撞，并掀起无风的波浪

① 指海员守护神

卷二 城市密码

地铁车站

在一面狭长的镜子前人群交叠着身影
有一双眼睛为何这么熟悉
细看时发现就是我自己

一个孩子在风中奔跑

一个孩子在风中奔跑
他的母亲远远地落在身后
高架桥上汽车南来北往
在一路划来的灯光下呈现
同跟它垂直的苏州河一样的暗

一个孩子在风中奔跑　开始下桥
他的速度越来越快　无所阻挡
他的母亲开始上桥　气喘吁吁
把劲压在脚尖　把力放在乳房

我站在桥的中点　观望
三个人　都没有呼喊

大风把尘沙吹尽

大风把尘沙吹尽
把欢乐和忧伤吹尽
只剩下熙来攘往的人群
和与我无关的言谈

清冽的冬日上午
公交车在左方　医院在右边
温暖在手掌中　渐渐散放

一百片叶子中的一片

冬天　会有一百片叶子从窗前飘落
我会为第一片落叶伤感
也会捧起第一百片枯黄　端详
但我不会记住另外九十八片落叶的模样

如果你也要我选择做一片落叶
恰恰相反
我不做第一片叶子
也不做最后一片
我愿做另外九十八片中的一片
被你忽略
然后　遍寻不着

力量

有一种力量在空中操持
让树叶、纸片和沙尘舞蹈
这些上升的精灵们
在强大的法则面前抛弃自我

圈形的前进　藤形的攀升
树叶忆起梦想再次向往远方
沙尘离开大地如同离开死亡
纸片高蹈　重新掌握书本的魔力

神奇的力量回到事物本身
把卑微、琐碎、庸常抛弃
精灵从墙角攀上屋顶
握住新生或重归的情操

雨的声音

雨的声音最先醒来
在雨的声音里
森林在生长
百兽尽哑
看着森林的阴影在加厚

雨的声音将隐晦延至七月
在雨的声音里
亿万只蚂蚁搬动大山
群峰颤抖
仿若系于乌云之下

雨的声音顷刻静止
山中孤独的王
树林中孤独的王
把巨大的手掌
放在一片落叶之上

寂静里没有回声
在雨的声音里
城市被大雾遣散
一个人翻身
把头颅枕在梦乡

独自开放

春天带来了离弃
这样一些雨
让阴郁带来了绵长
这样一些阳光
让喜悦变得短暂

除却怠倦　桃花
我奉劝你　独自开放吧
湿漉漉的人群带来滞重
我与你相隔甚远
雾蒙蒙我看你正如一张人面
雾蒙蒙你看我正如一树桃花

不断宽松的寒意
正将虚弱的我一路追打
独自开放吧　桃花
不必等蓝空除却乌云
芬香招来蜂蝶

不必等流水爬上枝干
鸿雁重筑暖巢
独自开放吧　桃花

趁现在你看我

雾蒙蒙正如一树桃花

趁现在我看你

雾蒙蒙正如一张人面

在她陌生的城市

多年以来我已习惯在此路过
此刻　将它约定为相遇的地点
两年的相隔飞速化作短暂的分秒
在她陌生的城市

众多的站台让人忧虑
她将在哪里等候　我全然不知
好在　她已飞奔而来
她的动作与城市的秩序构成矛盾

当红灯闪亮　车辆停行
她孤独的奔跑这等醒目
加速了我的心跳

她惊乱的双眼流下泪水
在她陌生的城市　我们相遇
我感觉到　她小鹿一样的惊慌

女孩子

午后　她带着一身薄荷的清香
脚步断断续续
像轻柔的风　吹过拐来拐去的山口

她驻足　回首　也前行
春天里开得美丽的金盏菊
成了她的掌上客
她或许在想：遥远啊　遥远
就忍不住忧伤

把头发分成两边
把金盏菊留给另外一双手
该别在哪一半呢

此刻　她落座于我的前方
刚换上的背带裤使她显得清新
而羞涩

铃声响了　没有思考的
铃声响了
铃声　使清风撤离了
波动的湖面

秋风

秋风吹细了小爱人的腰
若此时处身于江南的荷塘
有无数的雨纱隔着
我就是轻轻荡漾在水面的小舟了
或者就是舟上的一支橹
把她摇成水蛇的模样

这正是去年秋天
秋水流泻于长空
秋风　秋风把我内心的明净打开了
在她转过身来的街角
落叶正是诗中的模样
而她是初秋最美的一帧画
微凉的天让我把爱意收紧
我身体的温暖正来源于一场秋风

带动

1

"翻动的书页带动一扇门"
门带动了这样一个句子
这样一个句子
带动一个下午

2

短暂而循环的秋天带动田野
就像一个人的热情分段燃烧
持续不断的爱情带动一生
就像分散的珍珠串成项链

3

雨季带动了绵长
剥落的墙面带动了隐晦
潮湿带动了阴暗
心中有一条小道带动暮霭沉沉的花冢

4

电话机带动了倾诉
已然陌生的电话号码带动去年的尘埃
模糊的脸庞带动水面
一粒石子带动内心的波澜

5

日记本带动陈腐的气息
繁杂的大事记如今一样
三月二十七日写道：
翻动的书页带动一扇门

6

照相簿是岁月的留言册
不知那时因何发笑
因何落落寡合
遗忘带动记忆一如记忆带动遗忘

7

阅读带动写作
写作带动虚构
虚构带动真实
真实带动谎言

8

门内的风景
带动门外的双眼
一个人的片段
带动另一个人的生活图景

判决

二十岁的女子在病中
她的隐疾将永不消失
她听到医生咬父母的耳朵:
"控制,而后等待奇迹发生"

现在的生活就像在乡村
一个人对着一电视的雪花
突然的停电让她注意到自己的双眼
她必须等到黑暗中的事物渐显轮廓
才好起身寻找那扇门

现在怎么办
她感觉到自己在铁皮屋内
万物漆黑,声音杳无
"我什么都看不见"
她在内心里对自己说
"我好象要摔倒了"
她在口中对父母说

世界开始在她的眼前模糊一片
就像无色的水挡住了视线
她的手开始摸索

摸到了广场一样大的空间
"现在我该去哪里"
她站在窗户之前
微风使窗帘轻轻晃动
依次传递到病友的气息中去

世界透亮起来
渐次显示了香樟，古柏，车水马龙
显示了日常生活的图景
甚至幼儿园的阿姨和同桌"小黑皮"

她想到了爱情
就像鸡蛋清那样白
羞涩就像红
从体内染到脸上
该给"小黑皮"生个孩子，她想
要是他在这儿
只需轻轻一吻
她就能生下一位水手

"算了吧
朝里还是朝外？纵身一跃"

决心就像身上的例假

间歇后来临

阳光背后身影颀长,在墙角叠起

白云来到脚下

沿眉毛的方向朝上看

轻烟袅袅从头顶升起

她感到体内空无一物

她身轻如燕

双手化作了翅膀

"我是燕雀?阿不!是鸿鹄?

管他呢!"

线路

坐在公园的长椅上
我听着鸟儿叫喳喳
仔细分辨着
哪一种是鹩哥,哪一种是云雀
还细眯着枝叶间漏下的阳光
趁机打一会儿盹

一到时间,我就从长椅上跳起来
告别那些手提鸟笼的老大爷
双掌摩擦树皮的老太太
急匆匆低着头离去
叫上一辆车,一路打着顿号
消融在滚滚车流中

公园的湖边总是横亘着两条路
一条通往喧嚣的外界
另一条通往深处的幽静和安宁
中间的那一片湖犁开我
我每天这样走着
朝着两条呈直角的线路

正午

生龙活虎的司机左冲右突
像与一个强大的对手摔跤
终于,他将205路公交车
驶进了文定路一小片阴凉中

现在,他吹起了口哨
开始左摇右摆,神情惬意
这让我看清了他戴着一副墨镜
而他头上分明还顶着一副

这表明——他有两副墨镜
他自然无法同时戴上
也不愿同时摘下
而像是要把公交车驶往丛林

一个老太太因座位太高,双脚不能着地
急得像猴子一样爬上爬下
两个小职员高谈阔论
对这座城市紧张的疫情鄙夷不已
一群民工鸦雀无声
并因害怕错过站台而神色紧张
一个姑娘露出多毛而肥胖的肚腩

着急地等待着繁华的徐家汇

而我　一个在下一站换车的乘客
看到了迎面扑来的徐家汇
在上海正午时分
空无一人

茂名北路黄昏

大喧嚣前有着大宁静的街道
是黄昏的茂名北路
酒吧一条街隆隆的节奏还未响起
路灯下有着竖墙淡淡的影子

穿斑点狗睡衣的中年夫妇
骑车带来附近老城厢的暖意
一袋小菜,好像使夜晚突然加快了脚步
但不能改变茂名北路悠长的黄昏

如同生活在别处
茂名北路的黄昏被浓茶一点一点化开
你甚至幻觉这黄昏连着黎明
适合枯坐着,静听旧时光的秒针

外省书

彼此穿越时
我听到了你身体里的安静

起先我以为是萤火
后来我发现是露珠

最后留下的是
一个省和另一个省的距离

远和近

我听见了她
往深处去,靠近我
拍打我
一年一年的光景

十年,一梦
我靠近她
拍打她
一梦一梦的流水

回响

向远处看,巨木是一颗草芥
往大里想,尘埃是一座星球

越过山丘,正是一片大海
绝望时有一叶扁舟飞来
在巨浪中,你也可能到达不了彼岸
在沉船中,你也可能获得宝藏
在弥留之际,一朵鲜花正是恋人的模样

当我转身,老人正换上少年的脸庞
我喊他的名字,回响空空荡荡

偏右

晚风吹来的偏头痛
使日影西斜了
所有的蝉鸣,车轮和落叶
都在右边,它们集中在右边
包括还在开放的花朵

晨起时的喧嚣
占领午后静谧的时光
墨迹未干的抒情诗
正躺在少女的笔记本上传唱

更多的老年在山歌里
声音从广场方向传来
每一群欢乐的大妈中
都有一个笨拙的老汉

立冬

安静只是一个表象
老者,在浮萍里吸食耐心
好解开年轻时就缠身的一团乱麻

蓝天只留下风筝的滑翔
那一段喷雾的划痕
显然不是这个季节的谜底

星子落在涟漪里
才有了宇宙一样浩淼的谜
鱼在半空喊叫
这才续上了叫声零落的蝉鸣

当我从垂钓者的身旁经过
他突然将一桶的收获
倒入盛满月色的河里

发觉

隆冬一场极寒天气
小河冰封三日
直至蚯蚓翻身,花朵饱满地开放
传来冰河开裂的声响
隐隐的不易觉察的裂纹
是春风吻上河水的羞涩的唇红
是初恋的少女
最为大胆的,在肩头轻轻一拍

撕开的口子是如此细小
却密如蛛网,无从修补
如那青春的模样
在中年的狂雪中跳动
如那吹弹可破的肌肤
在双手遮羞处颤抖

我呆坐河边
因为秘密被发觉而怅然若失

风眼

一小片树荫
刚够一支蝼蚁部队搬运粮食
躯壳已被驮走
知了的真身在枝丫间喊魂
蝉鸣被削制成四四方方的一块疼痛
塞进装有蚯蚓的火柴盒
用以河边垂钓
一条锦鲤,吞下了锐利的烦躁
一整个夏天在它的体内爆燃
带着一条河流闯入大海
大海也不能阻止一条鱼的愤怒
热带风暴来了,就在我的故乡登陆
我童年的木屋在风眼
一只蝴蝶停在草茎上,一动不动

蜜

一些蜜蜂趴在花蕊上采撷蜂蜜时
会浑身颤抖:饥饿和甜蜜
教会她身不由己地战栗
而另一些则从容,淡定
掘走她喜欢的那一部分
好像本来就是她的芬芳

——舀入我们口中的蜜
有些是禁果,有些
是自然主义者的正确伦理

撒盐

雪,覆盖在孤独的高速公路
地上撒着盐,在更广阔的苍茫中
是更孤独的存在。它似乎要把万事万物
极力拖入自己细小的掌控中
它把白色浓缩成粗粝的灰色和黑色
再次施展从大海中修炼成一种晶体的本领
并紧紧拽住命运的方向盘

死亡证明

我们将裹好的遗体从一条小路推过去
小雨淅淅沥沥,地上满是泥泞
挖掘机正在太平间旁的工地忙碌
发出哒哒哒哒的声响
因为只顾埋头走路,也为躲过一点雨水
我没有看见妻子和她的妹妹是否哭泣

返回时我们走的是另外一条小路
因害怕重复来时路而仔细辨别着
当我们拐过一个小花园后重新回到病房
24床已经换上了新的床单
死亡证明还未开好
我仍需坐一会儿
并反复询问仍在哭泣的岳母
逝者的身份证号是否有误

梅雨

这一夜,又一日的淫雨
密密麻麻地缝进
这一日,又一夜的思绪

这一天,又一地的迷雾
像纤细的手,像盘绕的腿,缠住
这一地,又一天的愁眠

这一地,又一天的愁眠
密密麻麻地缝进
这一夜,又一日的淫雨

这一日,又一夜的思绪
像纤细的手,像盘绕的腿,缠住
这一天,又一地的迷雾

听听

听听雨声,听听雷声
听听自然深处传来的呢喃和惊恐

雨沿着屋檐落,是线状的,是珠状的
细小时逗留一会儿,走到尖尖的草丛

雷沿着闪电的方向追逐,是枝状的,是片状的
细看时是密布的河流,是纵横的山峦

听听雨声,听听雷声
听听生活深处递来的缠绵和贲张

你只管听,并接通那地脉和血脉
对自然和生活的双重馈赠,报以最宽广的接待

陆家嘴

经济脱实向虚
陆家嘴是反对的
在寸土寸金之地
它越长越高
东方明珠、金茂大厦、环球金融中心、上海中心大厦
每一次拔节
它都没有虚度年华

与纽约来客谈完一桩国际并购
我喜欢到国金中心的五十八楼
吃下午茶
烈日下的黄浦江
安静极了
上海证券大厦显示屏上的股指
竖起耳朵
倾听外滩海关大楼的钟声
一艘巨轮的隆隆驶近
也不过是一张轻轻翕动的羽翼

有那么片刻的眩晕
让我以为已经君临天下
其实,我的头上,头上头

都还在陆家嘴的脚下

金融城的脑际有一片云
贮存着层层叠叠的密码
可以敏锐地捕捉到
密西西比河每一丝细微的风暴

鹦鹉螺

上海光源,形似一只神秘的鹦鹉螺
装置内的电子以近乎光的速度
不舍昼夜放射七条幻彩螺线

一只九千九百年前的古雏鸟
静静躺在一枚硬币大小的琥珀里
等候鹦鹉螺里一束光芒的鸣叫
唤醒沉睡的尖爪和层叠的飞羽

华夏最大的同步辐射装置
与世上最小的恐龙
直接相逢了

这是一张天使之翼
细微如万分之一发丝的脉动
在超级显微镜下鲜活如昨
它也许正是在一次激烈的捕食中
受困于一滴树脂的滑落
却在近万亿年后的邂逅中
留下最古老的传说

每当我走进鹦鹉螺

都可以听到

白垩纪时期的花朵

一声沉重的叹息

日晖港

河流也可以是道路
港口也可以是无帆的凭栏
当你爱一个人,就去那里看日出
当你恨一个人,就去那里看斜阳

肇嘉浜早已不是一条川流不息的河
污浊被埋在了地下
有一个新的名字叫滨江
当江畔的南园转动古老的舵盘
塔吊、大桥、黄浦江,船舶馆
护卫舰和掌灯时分的舞蹈,都可以命名为诗和远方

当我走到日晖港
江对岸通红的中国馆,揿下了快门

大洋山

东海有六千三百六十五座航标
我为洋山港布设的那一枚最有诗意——
它重达四吨
我在上面画了一艘航船
准备在大海里存留一万年

你看,来往自贸区的万吨巨轮
都要靠它给个航向
它撞向高倍望远镜里的乡愁
我在郑和下西洋时就有过
如今我把它引向东非、红海,还有巴拿马
让瓷器、丝绸和茶叶
变成机电、汽车和石油

江海也是道路
古代也是今朝
你也就是我
命运让我们成为共同体
以至于我忘了肤色、语言和距离
今日我们抚琴唱和
明日我们把酒临风
宽阔的太平洋容得下百舸争流

我明亮的航标如此轻盈

今夜,你可以把它带入梦中

横沙岛

城市里,它是一处留白
仿若清矍的沙洲,被沉积的泥沙喂养

据说有一百辆牛车用以收留上岛者的脚印
一只苍鹭的瞳仁
只有慢船,可以抵达

雀鸣渡

在崇明，十八米以上的天空
都划给了候鸟和春风
在东海和长江交汇之处
湿地、潮沟和滩涂
属于我的朋友秋沙鸭、震旦雀和大苇莺

一只来自澳大利亚的大滨鹬
五天五夜之前就给我发出邀请
它即将滑行一百二十个小时
约我到一直向往的雀鸣渡一见

"赤喙啍青翎，东滩在何许"
当我涉水而去
一千顷秋芦，早已十面埋伏
作为爱情和美食的敌人
入侵的互花米草节节败退
海上棱薕草和咸水稻
是这个季节留给白天鹅的诗篇

大滨鹬也是一个人的名字
他守候着这一片湿地
一待已经十七年

听得懂每一种候鸟的方言

这是黑脸琵鹭悄悄告诉我的：

"他早已是我们永久的情人"

好吧！就在观海楼，观一轮日出

听白鹭、大雁和银鸥

弹一首大海和江河的协奏曲

在一万只候鸟口衔的涛声中

迎来上海的早晨

与雀鸣争渡

争渡！

卷三　日月诗篇

枫叶飘零的国度

橡树湾

当着林荫道上纷飞的落叶
一种孤独披着清冷的寒衣飘荡
盛大的秋日走向不远处的海
一路敲响私家游艇上的铃铛

我曾经梦想远离尘嚣的土地
身轻如燕、通体透明而又情怀富足
如今短暂的时光拽我之足落向梦境
反弹之力却高速将我撕成内伤

我爱我生命中的宁静时光
因而恨那时针走动的脚步声
我怕我平庸的生活如风吹过书页
因而恋我生活中的奔忙昼夜

爱和怕一路追赶我翻江过海
相告着传说是如此久远
恋和恨交织在此地和故乡
灵魂永远徘徊在内心的单人房

异国

夜空描述荒凉
大海走向蔚蓝

伐木者归来
带来了甲壳虫的潮寒

午夜的狂欢
在异国的脖颈上舞蹈

温暖的汉语里
住着打盹的卷舌音

孤寂如同江河
一路赶来

风景

红狮宾馆的清晨
空气如水洗过一般

海鸥和乌鸦
相继停在屋檐和枫树上

街道上奔忙着汽车
偶尔也让道于一只悠然走过的兔子

看不见一群又一群人
他们依然屈从于个体的独立

孤寂正从海上赶来
在城市的天空漏下

红狮宾馆

爱和恨,遁于物外
生活教会我们逻辑
在现实锋利的边缘
有着深不可测的苍凉

海鸥和乌鸦拥有相同的夜晚
只有大海是不平静的
尽管系着钢铁般的绳索
依然带来了缠绵悱恻的春雨

在看不见风景的房间里
内心有着纤细如丝的震撼
那教会我们的最终放弃我们
我们最终放弃一个又一个自身

圣劳伦斯湖

冬日的圣劳伦斯湖
多么坚固地悲伤着
她敞开着,也有着饱满的热情
但内心里有着彻骨的冷

陶醉的长途旅人
感激冰雪的馈赠
滑翔,再一次滑翔
冰刀划开如玉的容颜

当双手和左脚
展成一个平面
我蓦然看到孤独的雪山
从千里之外迎面撞来

布查特花园

两棵乔木兀立在同一个地方
郁金香依然沉睡在勿忘我丛中

豌豆树和玫瑰苗
在热忱和坚毅的驱使下
一路迎向隆巴第白杨

不凡的决心和幻想
在废墟上开辟出一个花园

车泊邓肯

大海对天空说
到蓝的尽头相见

那一种蓝
不会有尽头

布拉格的秋天

晚霞即将在城堡塔尖消失
光线洒在伏尔塔瓦河的粼粼微波上

一只白天鹅悠闲游向一艘
注定会出现的游艇

镜头将这一切拉近
一对男女在甲板上热烈拥吻

在我走完查理大桥的最后一个雕塑
一场小雨带来秋天的凉意

人骨教堂

布拉格以西七十公里
一座普通的哥特式教堂内
陈列着四万多枚分散的人骨
他们,来自三万个坟墓
那些主人,或是名门望族
(只为仰慕朝圣者从耶路撒冷带回的一捧泥土)
或是无名小卒
(十四世纪黑死病的罹难者、十五世纪战争的阵亡者)
统统混为一堆堆干脆利落的人骨
或串成灯具,堆成烛台,叠成金字塔状的祭坛
或垒在地上,贴在墙壁,挂在天花板

尸身献给上帝,象征无上的赞美?
令人难忘的是
十六世纪,最初是一个半盲的隐士
(为什么是半盲,而不是全盲和全明?)
将这些骨头收进教堂内
到了十九世纪
有说是一个樵夫,有说是一个木雕艺人
清洗、消毒,并归类了人骨成为这些艺术

几个世纪过去了

当一个东方诗人偶然撞入
陌生的审美
早已超越了生与死,爱与恨
甚至超越了对生与死、爱与恨的思考
没有恐怖和狰狞
作为一种物质
被装饰和雕琢的万千物质中的一种
四万多枚人骨拼成图案
只有,一种奇异的华丽

出埃及记

金字塔

法老有一座金字塔
二百三十万块粗粝的石块
垒着欲望、权力、生死
垒着灵魂和永世未解的谜
神秘的甬道通往星际的迷航
据传有万千的宇宙波
会在合适的时候聚集在它的能量场

我有一座尖字阁
尘埃里隐藏着人世间的爱恨情仇
一点也不比它少
当我与它站成一排的位置
吉萨高原上的砂砾就在身边聚拢
我的背影也有了一座三角的模样

从远山采来巨石
在星空唤来磁场
十万人民伏地劳作
尼罗河细长细长
在幽暗中闪着星光

当我途经此地

河流中似乎还漂着羊皮筏子

似乎要把下一座金字塔

筑在一个诗人的心中

飓风折了一个对角

从胡夫金字塔五十二度的坡面卷起

巨驼、马队和粗糙的工艺品

在太阳下一粒粒晒着

唯一被遗忘的

是北侧的一扇巨石之窗

四块方石垒成一个三角的入口

如果太阳直射到塔底

法老的肉身将复活

然后驾船、狩猎、欢宴

开罗城中据信已有爆炸的声响

而此处正安静

胡夫、哈夫拉、门卡乌拉

三个金字塔一字排开

有人在最佳的摄影点留影

双手各撮起一个尖尖的顶

中间的一个含在圆睁的口中

虚构了一场气吞山河的豪迈

名利和欲望都有尖尖的顶
爱也有,最高的一块石头,叫恨
只有永生没有边界
最高的石块上,写着绝望
四千七百年了
塔尖才被自然的法则削去十米
塔台上为何只有蜗牛的遗迹
这是宇宙留给我们的天问

是的,中古时代的国王
用磊磊巨石构筑他的王国
在浩瀚的沙漠中
隐藏着一艘真实的航船用以摆渡
我用尘埃,垒一座尖字阁
四面等边的三角坡面
三面写着时光、情爱和故乡
一面留有空白

把面包、书籍、诗歌
有时候也有相思和欲望

翻卷成隆隆的惊雷
最高的一格住着什么
我前年想的是金币
去年改为美人
今年念念不忘春风

尼罗河

尼罗河一直向北流。
自小我被教育着:
河流自西向东
地中海在北方
尼罗河不向北流
难道她要右转向东?

尼罗河是一位母亲
她婉约时叫白尼罗河
她豪放时
叫青尼罗河
她们互为情人
母亲再伟大
她也需要一位情人
不然她何以度过
漫长的一生?
虽然这位情人
就是她的化身
有时候

情人也是我的父亲

父亲啊

你懂母亲吗?

你懂得为何

在六至十月她将泪水洒向河滩吗?

我从不作猜想

我只把种子

撒在退潮的河床

把牛和羊赶上

使劲踩在肥沃的田土上

啊,我想起来了

年少时我曾看过一本

没有封面的书

后来我知道

那叫《尼罗河上的惨案》

灶火明灭

它差点葬身炉膛

隔三十年后

我到访金字塔的故乡

我趁着夜色

在尼罗河上游荡

阿拉伯的王子
正在游艇上举行盛大的婚礼
新娘神秘的面纱已被解下
她和伴娘们唱啊，跳啊
在这世间最长的河流上
让我恍惚她是巴西的姑娘

日月诗篇

1

……给太阳造一座金字塔
也要给月亮造一座金字塔
在月亮金字塔那边
把沉静的人,雄壮的人
胸膛剖开,取出不停跳动的心脏
穿过宽阔的亡灵大道
残垣的壁画上有隐现的美洲豹
消失的头颅上呼出隆隆的惊雷
行到一千零一步,云层散开了
爬上二百四十八节阶梯
神庙的咒语关紧了
太阳金字塔上,大火在燃烧

2

在特奥蒂瓦坎消失的数百年里
强大的死者安详极了
在万寿菊的花瓣上走动着的骷髅
仍栩栩如生。他们行动自如
随手将落下的趾骨装好

但生者倒也习以为常
人们走到月光下
在遗忘中徜徉一番
又在太阳下操持起补钙大法

3

写下即遗忘,而遗忘
正是生活赋予我们的隐身术
遗迹是历史赐予我们的哑谜
神造的建筑,把时间的入口
压在身下
亡灵们在地底下畅通无阻
并乐此不疲地在天花板上
将我们的脚印一个个摘走
我爬到他们够不着的台阶上
有时候在太阳金字塔,有时候
在月亮金字塔
当我坐在太阳金字塔的塔台
月亮金字塔看上去不过是一轮土丘
当我走到了月亮金字塔
太阳金字塔不过是另一轮土丘

眼前只有浩荡的亡灵大道

小贩们用工艺品呼出口中的虎啸和鹰哨

似乎在集体排练一场

浩大的祭祀仪式

4

天空中伟大的发光体

永远照耀着人类

以明和暗,圆和缺表述自己的爱憎

世间的神殿和庙宇

凡尘的虚幻与追寻

恐惧、向往而又难舍难分

永在而又隐匿的力量

一片云都可以遮挡

一片海也无法吞没的火轮和玉盘

我爱你们的熟视无睹、失之交臂

和厮守终生

我派两座金字塔供你们抛锚

我在较小的那一座上

屠宰、祭祀,念念有词

我在更高的那一座上

献礼、祈祷和高声喧哗
必定需要死亡、燃烧
才拥有夜晚共同的语言
必定需要铭记、遗忘、存留和消逝
才拥有万古长青的江山、美人和情仇

5

日月本按时序更替
特殊时分也同放光芒
细想倒也无妨：
世间万物，都属天生
情同手足本也自然
眼见为实：
人们从来没有为冥王星筑一座坟冢
明亮如北斗七星
也不会有一座金字塔用以写墓志铭
唯有太阳和月亮
在一条中轴线上平坐
活人和亡灵们穿梭忙碌
准备祭品、咒语，云雨和炼狱
被摘取的心跳

仍有均衡的脉动

而弱者生存,因悔恨而涕泪交加

亡灵节

烛台、松香,万寿菊挥洒金黄的花瓣
墨西哥酱鸡摆满浩大的宪法广场
纸剪的骷髅到处飘逸
迎接一个盛大节日的到来
人们欢天喜地,预备与逝去的亲人相聚

遗忘,是世界赋予人类的催眠术
但记忆会选择时间的窗口
把一个个梦做得惊人相似

当日历翻到清明
群山突然安静了下来
摆上香火、糕点、浊酒,燃烧后的纸钱随风飘散
我们祝愿亲人们在另一个世界过得好
并护佑在这一个世界的子孙平安

星空

在巴拉德罗,凌晨醒来时
隐隐有涛声
似来自左边的墨西哥湾
又似来自右边的大西洋
潮音,并不怎么湿咸
无边的星体,裂炸,闪烁
被固定在透明的尘埃中
又一把一把地撒向黑暗的大洋

作为世界的秘境之一
星空,是人类追寻生命意义的通道
星子弹跳,人心便深不可测
星子黯淡,人心便被雾霾笼罩
星子滞留,动与静便暗暗较量
就像正义和邪恶难分难舍
星子落入凡间
人世便繁华灿烂
有时也不。星夜——
帝王辗转反侧,发布国家守衡的法则

孟买

鸽子是一位神
乌鸦也是一位神
当它们,在印度洋的海滩上夺食
落日似乎已习以为常
它并没有因此发表什么新的见解

而我对落日确有异样的感觉
当我习惯了太平洋上盛大的日出后
再看它——
仿佛历经五个煎锅的熬制
太阳,只剩下最后一点甜
十二只乌鸦和鸽子飞起,又停落
每只衔走一口糖

三角梅

来自海口的一株三角梅
长在上海的一个小院里
每年,她只开很少的花
无妨!她的胸中,
藏着一个波涛汹涌的南海
藏着一个印度洋、又一个太平洋

她攀援,怒放
沿着琼州海峡流淌
她是海上丝绸之路的
  第一万零一座航标
又是微风吹拂时
  古楼兰的金桃、桑叶和经幡

她静默,沉思
隐身于自贸区的一间仓储里
在二十点七八平方公里的土地上,歇脚
她有一个名字叫红
她的胸中藏着
  一根银针落地时击起的巨响

访摩耶精舍

主人已寄山丘
一人便是大千
能不能独自成千古
问白云,问青山,问溪流

又二十年
仅剩一只灰鹤
还在孤独的笼中
笼外也有一个天地
囚着另一个笼

丝路组曲

勒山

在古丝绸之路的北端
一艘形似跟随郑和下过西洋的航船
被巧妙地安放在一座山上
是不是一种有意为之?
风吹着那桑叶、金桃和古兰经
吹着那已经消失的楼兰、依旧繁华的莎车
把大海的暮年,腾挪到茫茫的戈壁

落日翻看万卷书册
风沙在上面写着隐秘的文字
好一片大漠啊——
一万零一年的流沙
把一万年的波涛覆盖
红柳、荆棘和骆驼刺
在那些干涸的蟹洞、鱼槽里顽强生长

勒亚依力塔格山,以开阔的胸腔
向一片老去的大海致敬
我从千里之外赶来
仿佛就是为了读懂——

山和海可以相互转换

如同昼和夜的更替

如同生和死的轮回

黑山

天空不断开阔
来时的路却在一点点收窄
前方,不知何时染上黑色的忧郁

沙丘隆起
风吹来海的波澜
玛瑙和有色石
铺陈在粗粝的荒野
过多的碎片
串起献辞的手链

四驱扬起的沙尘
仿佛让人看到了英雄的马蹄
嘶鸣之声远去,留下空空回响

四野无人
沙上的车痕
留下另一个苍茫的问

红山谷

面前的无阵之阵
像中年的抒情?
不不,一颗巨石像青春
已袒露了心迹——
现在该迎向开阔的高原
向着高峰吼出雪山的心跳

其实,越向峡谷,阳光才越清澈
那漫上来的光芒
不过是镜头里一帧给别人看的风景
到了头顶就只剩下风
风呼呼地刮过去
似乎从来没有停下过,也从来未曾离开

往低处去,红山谷的景色是美的
在远处看,红山谷不过是一列隆起的山丘

胡杨

身处万里沙漠
驶向宽阔的中年
一截留着金色叶子的胡杨
从地底收集路过的水滴
在空中伸出一只手遮阳

来路迢迢,而去向渺渺
必须寻找合适的坡度
遮掉一些风沙,再迎向一些风雨
把收窄的青春这一头打结
另一头,打开扇面般的风景

化身神兽的肢体、头颅和身躯
在这里逗留,静默
我闯入其中
未激起一点小小的涟漪
其实,这里无死无生,无尊无卑
无所谓来与往
亦无所谓家园和墓园

三千年的书写

所有的意义对于个体而言

全在于当下的沉思

下西洋

郑和在刘家港设宴
邀一位六百年后的诗人饮酒

那时,我正在第一千趟中欧班列上
与一位东非的小伙子读诗——
"星牵沧海云帆耸,浪系天涯纽带长"
话音未落,三宝先生的微信来了

在义乌,我卸下一节车厢的软饮和母婴用品
换一骑宝马抵浏河镇
他刚好在午后醒来
此时,离第六次起锚已经过去了十年
出征的鼓点有越来越多的杂音
中途不断有老马倒下
包括两个皇帝

茶还未凉。沙漠驼铃声中响起火车的笛鸣
九桅十二帆的宝船
倒影是一艘航母的侧身

今夜饮什么酒
舌头都会提炼出富含香料的词藻

就让日月星辰排成上古的阵法
管它什么洪涛接天，巨浪如山
你只须云帆高涨，昼夜星驰
宽阔而浩荡地走下去

所有通往衰老的航道，我都已修改
只留下远方
命名为思念

边塞

穿云去兰州,看一眼黄河,去凉州
凉州无词,斩两斤驴肉,沏一壶好茶
一路饱嗝,去甘州。八声慢,九粮醇
木塔和土塔,在醉醺醺的夜晚摇摇晃晃
这一夜雨声淅沥,任丹青为丹霞绘上新颜
也不能留我:西出阳关
一路无诗,亦无故人可辞。这就
翻越达坂山,八月竟有大雪
一路将我扑打,好似我在边塞
立过赫赫战功,身下有万骨枯朽
而我正走在班师的途中

马蹄寺

迎面的一个石窟里，佛的真身已经不在
取代他的是三只嗷嗷待哺的乳燕

有时候，所谓渡劫，所谓轮回
就是一年又一年的，似曾相识燕归来

——壁立千仞，那些未完成的空门
实际上早已完成

听泉

衷肠似已诉尽,但

仍需写一首诗,安妥困顿的中年

因为,二泉里的月亮如此阔大

需要足够的力气将她拥入怀中

才能在长流的细水中

注入火车绵长的铁轨

仍需谱一首曲,收治四散的惊魂

让它们回来,坐在树叶上弹跳

与怦怦跳动的韶华共振

与悲怆,不平,倔强,一起流淌

带动一整个太湖的波澜,起伏

所以,我拉起了雨帘

听泉。在江南的雨季

在一池待放的睡莲中,听泉。

与这必然到来的春色一样

泉声,是大自然赋予命运的一件着装

在泉庭上独坐

把吴地小山歌,丝竹乐和滩簧

招至门下,然后,以祖传的铁手

催开琵琶的羞涩与野性

幽暗,如同幽暗本身,早已昭然

而亮光,如同亮光本身,发出长叹

在低处的山林里压住韵脚

把它绑紧，只为它留下绝壁上的缝隙

用露水养活，用月色为它撒上

一个旧时代的风声

在颤弓，顿弓和抖弓中

切分，延留。把一个个文字

晒在刚刚吐露的蛛丝上

在大滑音，小滑音，上下滑音中

抠揉，压揉。在滞意中顿挫

而又弹开无垠的漪澜

把自己击成重伤，然后

在重伤中疗伤。短弓

依旧短，而连弓不常用，用

就绵延成一座群山。可以感受到一种急促

因连弓而促成的急促，甚至是

一种湍流，却又大滑，小滑，上下滑

迟滞，凝重地打音

一种涩，枯在井底

又婉转地寻到暗眼

却又顿住，颤一颤，切分，延留

蛛丝上的字已晾干，细看时

是一个个小的泉眼

在月光里洗得发白,
又发暗。悲怆从四面涌来
把孤高的身影抬起,当他再次落下
琴声已进入辽阔的坡面
分明形成了对流
并且不再有浪花翻卷
其实,何曾有浪花?
翻卷的只是夜里的孟浪
因乏力而一再退潮
潮声却是安静的
据说,音乐最美的旋律是无喜无悲
而人生最壮阔的情怀是悲欣交集
我大悲过吗?我喜欲狂过吗?
泉声进入缓和的音域,而雨声
开始绵密而急切
在江南,在多雨的暮春
听泉。睡莲兀自醒着
一池的睡莲,离开放还需时日

黑马

一匹黑马,在黑夜中奔跑
它这么匆忙,却闻不到喘气之声
马尾甩动一轮白金色的光芒
并把它全部地覆盖
有可能,这是一匹白马
但在黑夜中奔跑的,只能是黑马
它甚至不是在奔跑
它只是四蹄踏在一个球状之物上
日行千里,却依然在原地踏步
("立马滚蛋",我在霍去病的墓前
曾被告知"马踏飞燕"的另一种戏说)
黑马确实在奔跑
铁蹄,终究会发出巨响
惊雷总归会炸响
我的心跳也是日行千里,但也仍在胸膛跳动
一匹马被黑夜染黑
它不可能不是黑马
它跑进白昼仍是黑马,在我失明的眼中
即使我有双瞳,它仍是黑马
在我的世界里,我只认识黑马
白马非马,如海马非马
白金色的光芒并不能把一匹黑马洗白

甚至不能照见它的真身
马尾把白金色的光芒抚慰
白金色的光芒把黑马养大
养大为一匹梦里的马
黑马甚至就是梦的本身
以马为梦，大于以梦为马
黑马不可能跑远
它跑了那么久远
却不能圈下一块土地
长夜赋予它屎壳郎的使命
黑马只能奔跑
它领受的命运
赋予它从命运的内部突围
它在球状的闪电上突围
它在等比缩小的地球上突围
它甚至在灼热的太阳上突围
在刚刚被命名的星球上突围
黑夜递给它无数的球体
甚至包括我的眼球
它无法停下来了
在球状的物体上，苍穹是圆的
宇宙是圆的

它们与马蹄下的滚动之物同一圆心

黑马,是宇宙中的一个黑点

黑点是黑色的

黑马只能是黑色的

黑马在奔跑。谁看见黑点在奔跑?

黑马依然在奔跑

火车

火车,已失去了火车的名字
虽然,站点还在
当一列火车慢下来
它的名字叫动车
而当它飞快地奔驰
它被命名为高铁
跟一个孩子讲述绿皮火车
需要一本书的厚度
但他仍向往磁悬浮
和它从不靠站的速度

高铁在半夜留下的风
在空旷的城市轻轻叹息
相见,别离,和漫长的思念
已经来不及发生
因为耳语过于冗长
甜言蜜语化为指尖上快速的分行
家书上的别字
已被留言上的乡音修正
河山依旧,一路从窗外扑来
似曾相识的燕子,不是归人
我少年时经过一整个昼夜

从甲板上下来的身影
那一定只存在于真实的梦中

教科书上,那个不通火车的故乡
后来因为过快的车速
脱轨了。列车慢了下来
在那个出轨的地方
有人用快的仕途,相信我们所不相信的事物
而失去双腿的女孩,即使再快
也要用漫长的一生
才能走过零点零一秒的时间
有人经过那座桥梁
仍会发抖
他的抖音在朋友圈里扩大百倍
又在一夜之间沉入海底
列车终究还会快起来
人心聚拢,又离散
在万家灯火中穿越事发地点

作为旅途,人们喜欢慢船
慢是有难度的
即使是三峡,即便在古代

也不喜欢一个过于缓慢的人
何况要赶几百里地
与佯装的古人喝一场酒
至于是左岸,还是右岸
是茅台镇还是牛栏山,这且不管
高谈阔论的诗人们
已经在宴席散去前完成了吟咏
在列车停留的五分钟里
一首首诗在公众号里浮起,又沉下
当下的经验被处理得面目全非

谁,或者什么,能逃脱高速运行的列车裹挟?
是那些经过的高山,峡谷,还是隧道?
是更多相似的城镇,乡村,还是田野?
还是语言的风暴燃起的片刻激情?

常常希望坐火车去更远的远方
期待那时候的快,就是慢
而本应该更慢的人心
却坐上了一辆快车
故乡和他乡的区别
已分外模糊

卷四　羿的传说

羿

第一部　射日

时序的更迭，季节的变幻，上苍自有安排
日月的轮换，阴晴的翻转，人间已是释然
自混沌初辟，天顶地立
太阳便是盘古的左眼，月亮便是盘古的右眼
那忽明忽暗，或近或远的星辰
是盘古的头发和胡须
那飘逸的云雨，那震响的雷电
那巍峨的山岳，那绵延的江河
那崎岖的道路，那丰腴的土田
那铿锵的金石，那柔软的草木
那翱翔的飞禽，那爬行的走兽
世间的万事，世间的万物，世间的阴和阳，圆和缺
无不分有盘古体内的元气，沉浸在它弥散的氤氲中
它们看似已纷纷脱离，不再聚合，不再交集
实则如手如足，如切如磋，如琢如磨，如胶如漆
它们经历自己的成长，经历自己的生老病死
一物的喜怒，交合另一物的欢悲
一物的泯然，涌动另一物的新生
如那电闪雷鸣之后，便是倾盆的大雨
如那屑小的花草，也会长在晴川的顶峰

如那江河也会埋灭道路，如那山峰也会阻断河流
如那人间的灯火，也会黯淡天上的星光
如那金石的叩击，也会发出耀眼的火花
阴阳的交割，爱恨的交集
是这样难舍难离，是这样难解难分

蕴含着盘古的精气，太阳是天地间打开的一扇大窗
一代代繁衍生息，太阳家族最终选择在东海之滨栖居
在黑齿国之北，那是一个名叫汤谷的地方
汤谷里的海水沸腾，那是十个太阳洗澡的池塘
纵使有万顷的碧波，要想清凉也是枉然
就在那滚烫的海水里，竟生长着一棵无比巨大的扶桑
扶桑长有几千丈高，扶桑长有千余围粗
枝繁叶茂，仿若寰宇，置身其中啊无比舒畅
帝俊是太阳的父亲，只有他能诞下这么多骄傲的儿子
羲和是他们的母亲啊，温柔又贤淑
六条龙为她驾车啊，也是心满意足
太阳们栖居在高高的树上，最高的一个最是傲然
细看时他的精魂是一只三足乌
只有出巡时他才是万里的晴阳
其他九个栖息在低处的枝上
如何按序出场他们心中早已了然

一天一人,这是父母亲定下的主张
千百年来兄弟们从不作非分之想

当黑夜即将消逝,黎明就要到来
扶桑之巅的玉鸡,就要发出喔喔的叫喊
它扇动着双翅,好让自己的脖子伸长
它只消一声的鸣响,就会划破星际的迷航
桃都山上,大桃树上休憩的金鸡也跟着叫唤
它这一叫,野鬼游魂就会显得慌慌张张
大桃树的枝干屈盘起来,荫盖的地方有三千三
神荼和郁垒兄弟俩,就守在东北树枝下的鬼门关
大鬼小鬼如若残害了人间的贤良
定叫那芦苇绳子绑了喂虎狼
好啊,金鸡一唱石鸡唱,名山胜水无遗忘
石鸡唱罢雄鸡唱,天下百鸡大欢唱
那澎湃的海潮就应和着喔喔的啼唱轰轰地鸣响
那满天的霞光就铺陈着一望无际的绫罗绸缎
巡行的太阳在咸池里洗罢,就在海潮和霞光中一拥而上

这一天轮到第十个太阳值班,他本是父母最疼爱的儿郎
昨夜他已是一宿的心欢,等候着十日一轮的巡行
当他升上扶桑的顶端,正是叫作"晨明"的时光

当他坐上母亲的车辆，已有了"朏明"的亮堂
六条龙驰骋飞翔，不久就到了一个叫曲阿的地方
那时候也叫"旦明"，人间已是一片晴朗
最小的儿子自是最为娇惯，望万里晴川他突发奇想：
"人世春和景明，大地欢乐和畅，
不如邀上九个哥哥，一同流连忘返
何须因循守旧，落得个日盼夜盼"
当他暗暗想完，此时已到了母亲悬车的悲泉
母亲将驾车回返，余下短短的路程由他独自走完
他走进蒙谷的水滨，在桑树和榆树上涂抹几缕灿烂
直至挥洒完最后的金光，他也将沉入代表黑夜的虞渊
母亲穿过繁星与轻云回到汤谷，他也由地下回到扶桑
一天天皆是如此，这一日与另一日别无异样

第十个太阳终究还是按捺不住白日里的奇思妙想
到了月明星稀的夜晚，他就坐在枝头对着一个个兄长宣讲
兄长们个个眼睛发亮，异口同声称赞他的主张
大家商定第二日便轰的一声齐飞到天上
谁也不去顾那清规戒律和母亲的阻拦
十个太阳一齐照耀大地，这理由多么冠冕堂皇
他们跳着蹦着，哪会去顾及慈母徒劳的呼唤
他们滚啊踢啊，哪顾得上人间已是一片愤怨

天空被十个太阳烧成紫酱，大地上田土龟裂尸横绵长
郁热而又饥饿的人们原以为十日同时照射不过是几天短暂
不曾想这是十个顽劣而又狰狞的兄弟一日复一日的狂欢
人们躲在幽深的洞穴里苦苦寻觅良方
最后按当时的习俗请出一个叫"女丑"的女巫相帮

却说这女丑原也有通天的力量
只需抬她到王城的附近山坡暴晒，天上便倾注大雨一场
她时常骑一条独角的龙鱼，在九州的原野徜徉
又时常出现在海面，激起大风大浪
还有一只生长在北海的大蟹，背脊有千里宽广
也得听女巫的使唤，并不敢有半点偷懒
那一日擎旗幡，那一日敲钟磬，那一日黑瘦的人们聚成山
那一日折树枝，那一日编藤萝，那一日煌煌彩轿把女丑装
那一日女丑穿一身青色的衣裳，扮作旱魃的模样
旱魃乃是黄帝的女儿，据说是个秃头，长得并不漂亮
她曾助父皇战胜了蚩尤，却受了邪魔的沾染
她居留的地方颗雨全无，旱云长长
人们给她取名旱魃，到处驱赶
黄帝给她划定了固定的地方，不许她东游西荡
人们祝祷她"神啊，你就永住在赤水的北方"
她自知惭愧，就为人们降下活命的甘泉

法事毕，钟磬息，人们把女丑抬到山头的草席
他们四散在周边的树穴，等待着奇迹
女丑独对天上的十日，油亮的脸上布满豆大的汗滴
嘴里的祈祷，眼里的期盼，却满是恐惧的气息
神通似已失效，本领也已遁形，只剩大口大口地喘气
扮相似被识破，威风也已收走，只剩一个人形黑黑瘦瘦
她顾不得求雨的规矩，用宽大的袍袖蒙住了头
十个太阳却不饶她，束束毒焰将她寸寸毒打
扮成旱魃的女丑就这样抽搐着倒下

女丑的被杀令人惊恐，民生的疾苦让尧帝心忧
天上有无尽的火焰，地上有连绵的灾祸
据报从燃烧的森林和沸腾的江河里
已跑出猰貐、凿齿、封豨、修蛇，还有大风和九婴
它们挥舞利爪、巨齿、信子和翅膀
把仅剩的粮食糟蹋，把无路的难民残杀
曾是这样温厚贤良的尧帝，此时也别无他法
他带着部落的首领和劳苦的民众
在王城内，在高山巅，在溪水畔，一日又一夜的祈祷
那哀求的声音一声声传入天帝的耳朵
真叫那帝俊又是烦心，又是为难

一边是横暴顽劣的十个儿子，一边是民不聊生的人间呼告
犹豫中他想到了天神羿，"左臂修而善射"
即使那小小的燕雀吧，也会百发百中地射落
帝俊赐羿彤弓素矰，就是那红色的良弓，白色的利箭
好去射杀那些逞凶的怪禽猛兽，好去教训那些胡闹的太
　　阳儿子
他不料那射手从此变凡人，他不知那九子从此殒了命
啊呀呀，世间也有世间的玉律，任凭那天庭也管不着！

羿既是潇洒的天神，嫦娥就不是凡常的姑娘
她的美貌人间难得一见，见上了就叫人日夜相思
她朦胧的靓丽早已得到月光的感化，清冷而孤高
即便叫她留在最热闹的王城，她也心有不甘
她跟着羿降到下方，不过吟一曲夫唱妇随的戏
或看看那凡间的胜景，品一品疾苦的滋味
却怎料命运竟是这样的离奇与古怪
先叫她无缘回天庭，又叫她独自舞翩跹

羿带着妻子来到人间，在闷热难当的茅屋里把尧见
愁苦的皇帝吃糙米，清清的汤里野菜稀
走来的后生正是羿，修长的左臂把弓提
啊，是天帝，是天帝派来的天神让人喜

尧帝带着羿夫妻走到屋外,得到消息的人们麇集在王城
　　的广场
十个太阳还在天上照耀,并不管地上的蝼蚁只剩黑瘦的
　　骨头
可即便那奄奄待毙的身首,顿然间也恢复了神奇的魔咒
他们欢呼、呐喊,喉咙里仿佛已有细水长流
这情形让羿激动不已,他觉得自己已是那离弦之箭
一心只有除害的执着,哪顾得耳畔仍有帝俊的嘱托

骄阳似火仍在天上放肆,并不管人间有怎样的折磨
那青山绿水早已失去了模样,世上都是遍地的焦黄
只有在火一样的土地上感受这难忍的炙烤
方知这万千的毒焰是如此的让人难熬
受灾的人们心中有怎样的期盼,羿已是如此的明了
所谓的威吓,所谓的轻饶,哪能把心头的恨来消
哎呀呀,不去管他什么天帝的阔少
负在身后的箭镞,已在天空响起明亮的呼号
只等那朱红的良弓,把弦拉成个圆角

羿立在广场的中央,四周是寂静的辽阔
那濒死的人们也已醒来,枯萎的枝头也在萌芽
作为人间最后的希望,羿愿为除害把生命来抛

只要下定了决心，一切倒也不难办到
羿有天上人间无双的神力，何况还有那天帝御赐的弓刀
他那修长的手臂把良弓张满，他那银色的利箭把弦来紧靠
只听飕的一声鸣响，顷刻就将那火球引爆
四散在空中的是那数不清的金色羽毛
坠在凡尘的正是那太阳的化身——三足的金乌鸟
天空仍有那愤怒的九兄弟，地上已有了微微的凉意
人们欢呼着，沙哑的声音里尽是喜极而泣
羿的心中闪过一阵快意，事到如今哪由得他就此罢休
他接着抬弓搭箭，向东方西方各射出一支响亮的疾电
正欲逃跑的一左一右两个太阳，无一幸免被刺个透心凉
他们哀嚎着沉向波涛汹涌的大海
这一幕足以让剩余的七个兄弟呆立原地
他们排成那半圆的队列，一齐向羿喷射最凶猛的烈焰
羿所站立的山头草木燃烧，烟火四起
第四箭他用足了力气，射出了一个抛物的图形
只见那利刃从第一个太阳穿过，一直到第四个太阳才止
    住脚步
四个太阳像被无形的铁索串起
齐刷刷地挣扎着滑向大海的海面
海面上升腾的火焰，一直蹿到了高山之巅
围观的人群被扑面而来的热浪冲得摇摇欲坠

剩下的三个太阳脸色煞白,包括那个最小的弟弟

他悔不该当初叫上了哥哥一起来天空嬉戏

如今只落了个骨肉分离,仓皇逃弃

羿已杀得兴起,哪记得天帝的嘱托仍在耳际

他追上一个逃跑的太阳,又是一支离弦之箭

他看到另一个逃跑的太阳,手下毫不留情发力

当他正欲将最后一个太阳消灭干净

回头看背后的袋中已空无一物

收走最后利器的正是尧帝,他抖动着花白的胡子又惊又喜

"就留最后一个太阳照亮天地,若无太阳也就没了生息"

羿看着最小的太阳正在抽泣,就才想起遣他下凡的天帝

这些曾都是他的儿子,如今只剩一个奄奄一息

人间的欢呼惊动了天上的帝俊

他在云端细看这一场风云突变

喧闹的天空已是如此冷清,最小的儿子仍在伤心哭啼

帝俊发出长长的叹息——

羿啊羿,你这神中的叛逆,且叫我如何待你

我原意叫你点到为止,怎料你如此的薄情寡义

我虽有三房的妻子,无数的后裔

怎比得上这十个太阳让我欢喜

娥皇为我生下了三身,虎豹熊罴都争相做他的仆人

帝羲为我生下了十二个月亮，西方的荒野正是她们的乐园
羲和为我生下了十子，个个又是鲜洁又是亮丽
那东方的甘渊曾是他们玩耍的天堂
可怜今后只剩得孤独的羲和，守着清冷的扶桑
那日日劳作，不得停歇的是最小的太阳弟弟
怎不叫我又是心痛，又是长长叹息
羿啊羿，你这神中的叛逆，且叫我如何待你
你且先去除掉残害黎民的猰貐，看看你是否还有活着的
  运气
你再带着你那娇美的新娘，永在人间彷徨到底
你就生活在为你欢呼的人中，无需拥有天上的神籍！

第二部　除凶

婴儿的啼哭有柔软的情愫，怪兽的嚎叫有骇人的气场

猰貐的叫声类似婴儿的哭喊

初闻时真叫人怜爱，细听时又令人毛骨悚然

最深的恐惧，在心底被唤醒

往静夜的最深处隐藏、躲匿也是枉然

燃一盏浅浅的灯，哪怕是阒寂中的萤火

也会惊醒这身长四百尺的猛兽

它尖利如虎爪的四肢可以轻松撕裂一个彪悍的男人

百兽、猛禽，不过是它口中的零食

它如飞的行走，甚至胜过一阵最迅捷的疾风

一座小山在它面前也会轰然倒塌

奔涌着巨浪的江河，在它脚下不过一洼浅滩

它气吞万里，所到之处一片狼藉

人烟、禾稼、草木、晴川，消失无踪

大地上写满了惊恐的眼睛，连风声也竖起了颤抖的耳朵

在猰貐笼罩的世界里

生已不能称为生，死亦不能称为死

一切的命名都叫地狱

猰貐原是天上的神，身边也有满溢的爱

它为何被贰负神和臣子"危"合谋杀害，至今仍是一个谜

黄帝见它可怜，命人将它搬到茫茫昆仑

叫来巫彭巫抵，喊上巫阳巫履，带上巫凡巫相

几个巫师各人拿出不死之药，神奇地将它救活

猰貐身上仍有太多的痛，心里仍有太多的恨，眼中仍有
　　太多的怨

当它活转过来，一头就跳进弱水的深渊

从此成了邪恶的代名词，忘了世间"善"字的笔划

它的龙首里藏满了欲望的火焰，随时都会喷涌而出

它的马尾扫去了最后一丝春风，只剩凌厉和冰冷的寒气

它的虎爪划过平和的山岗，傲然的松柏，以及吐露芬芳
　　的花朵

不让一寸土地复活。它的怒气是繁殖在大地上的细菌

黎明百姓只得躲进洞穴，生活无不饥寒交迫

羿的修长左臂，持着帝俊赐予的朱赤神弓

他背负白色的神箭，在西方的山上寻找恶魔的足迹

羿健步如飞，猰貐行走亦如飞，胜负的较量往往就在瞬间

当然正义必将战胜邪恶，这一点毋庸置疑

生擒既非易事，他就找了一个隐蔽之处，如巨石般安栖

弓满弦，箭在弦上，而羿岿然不动

西山之上，他已完全变成了一块嵌入山体的岩石
山间的走兽，天空的鸟儿，甚至轻轻走过的微风
这些敏锐的动物和屑小的自然，也丝毫未曾觉察
这个最为鲜活的生命彻底地陷入无生命的等待中
他不休不眠，不吃不喝，连呼吸也融入了大地的起伏
只有那张满弦的弓，那支高速的箭
等待黎明前的那一声巨响

小兽从他的身旁走过，驻足张望或低头想着什么
飞鸟在他的头上停留，梳理羽毛或晒着太阳打盹
似乎世间的风云已停歇，似乎人间的恩怨已化解
连猰貐也失去了警觉，它化作一阵清风在西山走过
以为又可以如往常一般统治自己的世界
哪知就在它收起影子的一刹那
白色神箭策马赶到，在它的心间扎出一个窟窿
飓风从窟窿中涌进，发出呼呼的鸣叫
如婴儿啼哭般的叫喊，在猰貐的喉咙中卡住了
卸下了仇恨、疼痛和喋喋不休的抱怨
归还了安宁、团聚和欢乐，归还了田园、家和生息

西山的风云平静了，云卷云舒，好一片祥和的景象
南方的水泽之地，却仍是一片肃杀的氛围

凿齿在畴华之野肆虐，仿佛它是那里的王
它的牙长达五尺，身上还装备着矛和盾
它藐视着这个世界，连走路都会发出惊天动地的声响
一切生灵不过是他塞入牙缝的零食
它吃起人来，嚼碎骨头的咔啦咔啦声甚至传到百里之外
有时它也会拿起坚硬的磐石炫技
石头在它的巨齿下纷纷化为齑粉
在尘土飞扬的岸边，可以看到它漫不经心地伸着懒腰
在四下死寂的夜里，可以听到它睡梦中仍在霍霍磨牙
它左手持盾，右手持矛，两件利器一刻不离左右
在世间，凿齿已无天敌可惧；在南国，百姓已无立锥之地
人们期盼着救星，可以拯救自己于水火
人们又是渴望，又是担忧：世间是否还有这样的英雄——
可以将恶魔打败，甚至哪怕只是驱逐

羿从西山来，夹道无人烟；凿齿在何方，羿也曾茫然。
幸有胆大者，见面喜极泣；冒死领路去，一片水泽旁。
巨大的黑影，几乎遮住了整个水泽
凿齿立在水边，看着走来的羿
它怒目圆睁，五尺利齿叩动，发出咔啦咔啦的声音
它本意用气势压倒气宇轩昂的来者，好让他知难而退
但不凡的来者面无惧色，他大步地走来

所到之处，阴影在消退，光明在呈现

水波在荡漾，春风在拂面，枯萎的花朵也重新绽放

看到独享的领地被侵犯，不可一世的尊严被蔑视

邪恶的凶煞惊愕不已，继而恼怒，三丈大火撞击它的胸膛

火焰传递到它右手的矛、左手的盾，矛和盾滚烫得发红

甚至来不及研究一下战术，隆隆的脚步声已经响起

巨矛和利齿几乎同时出击，黑压压的旋风随后赶到

乌云蔽日，火花四溅，百兽也为之尽哑

羿立定身子，左弓在手，神箭离弦

箭镞击穿巨矛，欠一欠身，穿过那厚厚的盾甲

射断那尖利的巨齿，然后牢牢扎在凿齿的头颅

凿齿的身躯轰然倒塌，地上被砸出了一个巨大的深坑

它的身体躺倒，挺立着竟如一座山梁般突兀

它巨大的躯壳内吞噬了多少的血，多少的恨，都已寻来

它可恶的利齿下埋葬了多少无辜，多少离别，都已复仇

它那无坚不摧的矛，它那阻挡万物的盾

从此归到了南山，即便以一万年的暗锈

也难以遮盖劣迹斑斑的过往

越是愚蠢，越是贪婪，如果在贪婪之上加上万吨重力

贪婪就会膨胀，膨胀到无所顾忌，膨胀到令人恐惧

封豨，一头体格庞大的野猪，长着一双小眼睛

它的双目不敢正视美丽的事物,它们飘忽、闪烁
偶尔透露内心的怯弱,但这不会丝毫减弱主人的残暴
它一张嘴可以拱起万亩良田,侵吞禾稼、瓜果如囊中取物
它一抬脚可以压塌一坡山林,嫩竹、桃木,悉数折腰毁尽
它夜宿山峰之巅,日上三竿起身,四处眺望何处有丰美
　　田园
它四蹄稳健,可以从垂直的山坡一路狂奔而下
丰收的田野,迷人的麦浪,顷刻化作乌有
一年的辛勤,不竭的汗水,刹那无影无踪

天上一轮毒日横扫,地上一头封豨横行
人们期盼着羿,把他视为心中的神
奔走呼告之声,传到了封豨硕大的耳中
它的小眼睛飘忽、闪烁,透露了内心的怯弱
有一些间歇性的时刻,它悄悄收敛了恶行
但贪婪就像内心的汪洋,愚蠢就像剥离不去的黏液
捆绑不住的私欲膨胀,常常挣脱偶尔冒出的惊慌
"我是巨兽,体大如牛,世间未遇对手。
羿为武夫,良弓神箭,安能置我死地?"

黎明即起,羿徒步找到封豨藏身的地方
它埋身深陷的土坑,周遭一片狼藉

持弓的英雄现身它朦胧的睡眼中

来者正是将猰貐、凿齿化为齑粉的羿

封豨的小眼睛眨成密集的狂风

它慌乱、走神,甚至想到了逃逸和藏匿

它毕竟没有见识过羿的神力,片刻的惊悚之后

它看清了来者终究只是一个壮硕的男子

令人恐惧的是他修长的左臂,熠熠闪光的朱赤良弓,白
　　色神箭

封豨愚蠢的念头再次占了上风,它一跃而起

妄想在神箭离弦之前,扑杀英雄不败的传说

飓风最先刮起,草木簌簌旋走,一座山峰横空压来

又是笨拙,又是迅疾,封豨有千斤之力,一出发就没有
　　想到回头

又是灵巧,又是冷静,羿有四两神功,一较量就没有准
　　备重来

封豨临空扑来,又稳又狠,似方圆百里皆在掌控之中

羿腾空而起,如光如影,那神圣天空就是俯瞰之地

封豨扑到地上,地动山摇,它只扑到了一对空空足迹

羿跃在半空,张弓搭箭,空中响起一声锐利的箭哨

封豨笨重的身子还未立起,一道白色的光芒已经赶到

把令人痛恨的贪婪、愚蠢和凶残,紧紧钉在了大地之上

蛮荒的年代,赤裸的情仇,但文明已然萌芽,爱恨已有
　　说辞
弱肉强食定有终结,生存的大地,一定给黎明百姓以生机
历史滚滚的车轮不舍昼夜向前驶去,有停顿,有逗留,
　　有阻挠
但终究是朝着人心的向背,驶向康庄的大道
邪恶、虚假,哪怕奉承和做作,终究会显露原形
那一个个倒下的,必是作恶者的下场
猰貐如此,凿齿如此,封豨也如此
那一辈辈受颂扬的,必是赢得了鱼水的欢歌
神农如此,尧舜如此,羿也如此

封豨之后,还有修蛇。凶残之态,凶悍之貌,已达极点
在它的栖息之地,西南洞庭之畔,是一片死寂的大地
天上飞的,地上跑的,水里游的,无一幸免
它已听闻羿的威名,在他的箭下,猰貐、凿齿和封豨,
　　都成过眼云烟
它们统治的大地,果实还给树枝,粮食还给田野,欢笑
　　还给母亲
"但那是它们,与我无关。"修蛇浮游着八百尺身躯,脸
　　露不屑之色
它藏身湖底,八百里洞庭便烟波浩渺

它翻身嬉戏，八百里洞庭便巨浪滔天

没有什么能阻挡羿的脚步，他肩负神圣的使命
那就是他生命的全部，那就是他不竭的力量源泉
修蛇的奸诈之名早已远扬
他深知除了良弓神箭，还得依靠一颗智慧之心：
"不能让修蛇缠身，如同不能让危险缠身"

示弱，有时候也是勇者的计谋
时机，便在那稍纵即逝的瞬间
危险的极点，也就是取胜的刻度
快和慢，早与晚，强与弱，从来难说谁能掌握最好的火候
只有心中那一把跃跳的尺，能够丈量最后的胜负

羿感到恐惧了，羿感到怯弱了，羿面露慌张的神色
在狰狞的修蛇面前，这一次，羿把逃跑留给自己
而把突进、追赶、勇猛留给了对方
他同时要把死亡留给对方。这便是不可战胜的信心
羿的慌神，增添了修蛇的喜色
羿的败走，加快了修蛇的脚步
比脚步更快的是血盆大口中火红的信子
它因激动而燃烧着，沸腾的毒汁四溅

所到之处，飞鸟纷纷跌落，沉鱼纷纷浮起

不用怀疑：这是一把锋利的毒剑，只需锋芒便可致人死地

羿感到了背部的阴冷，那突飞猛进的是一团熊熊的大火

羿感到了死亡的寂静，那排山倒海的是一声轰隆的巨响

只剩一点点时间，只有一点点的时间，在信子近身前的
  一刹那

羿抽弓搭箭，比风更快地完成了眼花缭乱的动作

如白驹过隙，白色的神箭蕴藏着千年凝就的寒冰

塞入修蛇的咽喉，直至砰然跳动的胸膛

熊熊的大火燃烧得更旺，以它来时的速度转身，窜到了
  蛇尾

那是一片澎湃的火海，翻滚着，蔓延着，不竭地燃烧着

人们不知道它要烧多久——

那是每一只鸟的愤怒在燃烧

那是每一条鱼的愤怒在燃烧

那是每一个呼喊着的母亲的愤怒在燃烧

就让它燃烧得久远一些吧，就让它燃烧得猛烈一些吧

把苦难烧尽，把怨恨烧尽，把泪水和离别烧尽

把掠夺烧尽，把饥寒烧尽，把无处奔走的呼告烧尽

把凶残烧尽，把暴虐烧尽，把四方的妖魔一同烧尽

连同那猰貐、凿齿、封豨一同烧尽，连同那烈日本身，
  一同烧尽

让它只剩下骷髅,让它堆积成山脉,把它命名为巴陵
在剩下的岁月里,一夜夜地讲着故事,一代代地讲着故事
四凶已除尽,英雄的故事值得万代千秋颂扬
昼夜共安宁,颂扬英雄的故事,也就是祈福平安的日子!

第三部　奔月

嫦娥：情爱的缠绵叫人幸福，俗事的缠绕又令人烦忧
　　　人世间若只有爱的甜蜜，红尘中若没有恨的苦涩
　　　相恋若只有朝朝暮暮，两情若没有聚散别离
　　　相守若可以天长地久，两心若没有猜疑裂隙
　　　又怎会有相思碧海青天，又怎会有愁绪刻骨铭心
　　　我愿那一日即可以一生，我愿那一夜即可以一世
　　　我愿那一人即可以白首，我愿那一瞬即可以永恒
　　　这样的祈祷天上有吗？可恨这人间情仇多吗？
　　　我今夜独舞翩翩，可惜此景无人共鸣
　　　我今夜金樽对月，可叹此身非我所有
　　　仿佛只是那么片刻的功夫，我已不再身轻如燕
　　　仿佛已是长长一生，我寄居的天庭已遥若星辰
　　　是天帝的迁怒让我驻留人间
　　　还是神仙的姻缘于我太浅
　　　仿佛在我跟随羿下凡的一刻已注定
　　　爱人啊，在天上我们是人人称羡的神仙眷侣
　　　在地上只有你才是解救百姓愁苦的英雄儿郎
　　　夫唱妇随我本应做一个从此寂寞的贤妻
　　　恋永生我又是如此眷恋天上的云卷云舒

今夜我是如此怅惘，今夜我是这样孤单
　　我彷徨着，不知下一步有何处可前往

羿：嫦娥的哀怨似乎还在耳畔，我心中的愤恨日消夜长
　　奉天帝令我一刻不停下凡，射九日我赢得百姓激赏
　　我怎知天帝内心真实所想，天上留一个太阳我已心安
　　上射骄阳而下杀猰貐，于我已是舍生而忘死
　　我又诛凿齿于畴华之野，断修蛇于洞庭之畔
　　更为艰难的是擒封豨于桑林，制肉膏以献天帝
　　亦不能赢得他的龙颜一悦，实为可叹！
　　没有奖赏这且罢了，为百姓苍生无功我也心甘
　　又怎料神籍亦被解下，连爱妻也打回凡尘
　　叫我如何不怨恨难当，叫嫦娥如何不羞愧久远
　　除天帝谁能作如此严惩，于我辈深冤又何处声张
　　罢罢罢，我还不如驾车去那莽莽的原野流淌
　　射杀那长空的苍鹰，追逐那藏匿的虎狼
　　唯如此才可尽展我一身神力，卸下块垒满腔
　　我只管把这一日过罢，不去管下一日的漫长
　　我只管把自己内心安妥，不去管他人怕与伤
　　来来来，家奴把车马备上，家丁把弓箭擦亮
　　我这就要御风而去，过一天就是一天的安详
　　我这就栖居于红尘，任滚滚烟尘在周身消散

羿在莽莽丛林中驰骋，也在大江大海之畔踟蹰

这要取决于他内心是舒缓还是急湍

他感叹于命运的无情，又不免惊艳于人间的胜景

在洛水之畔，一股幽兰的清香令他迷醉

峰回路转后他窥见一位云裳翩翩的姑娘

她的体态像惊飞的鸿雁，轻盈而又无边妙曼

她拖着薄雾般的裙裾，精美的佩玉在明丽的罗衣上闪亮

她凝思时似轻云笼月，徘徊时似回风旋雪

若把她比作绿波间开放的新荷未免俗气

人间的烟火中哪见得如此娴静柔美的旷古美人

你看她的云髻乌黑而耸立，秀长的颈脖下双肩似刀削制

明亮的双眸中有一丝清愁，真是惹人怜爱又叫人喜欢

望一眼她的似雪肌肤就让人怦然心动

望一眼她的丹唇皓齿又令人邪念顿消

她就是伏羲的女儿宓妃啊，她就是河伯的妻子洛神

她带着一群女仙在水滨嬉戏，黑色的灵芝和老蚌的明珠
　　任由采撷

宓妃纤纤的素手拾取那翠鸟的羽毛

水鸟在波面翱翔，游鱼在江心腾跃，却不能让她开怀一笑

她的夫君正驾着龙螭在九河遨游，陪伴左右的是一群明
　　媚的女郎

与他的风流倜傥匹配，他每年要娶一位新娘用以寻欢
紫贝的门楼啊珍珠的殿堂，河伯的欢乐里哪懂得宓妃的
　　忧伤

从神到人怎不叫人黯然，满腹的惆怅正叫人心酸
这旷古的佳人啊为何也是这般郁郁寡欢
难不成她也有一样的怅惘未曾有人分担
羿怀着忐忑的心情上前与宓妃攀谈，这样做且莫笑他荒唐
对美人的爱慕啊人人都是一样，羿也是一样心旌荡漾

宓妃的神情既是羞涩，又是惊喜和紧张
羿的美名已天下皆知，不曾料在洛水之畔相逢这样的缘
英雄和佳人惺惺相惜，不相互爱恋那也真叫一个难
一夜又一夜的月上树梢，一日又一日的互诉衷肠
内心的不安里有蜜汁的浇灌，一会儿是笑来一会又是烦
天上人哪懂得人世间情为何物
海誓山盟又哪抵得这地动山摇
情外之情就这样悄然开张，再大的神力也未知如何收场
日月的轮回若肯在红尘中静止，往事就不必去追来事亦
　　无所累
可是谁又能抛开一切，只要这爱恋的矢志无悔、地老天荒

爱情的消息，私密的情事，早就被河伯获知
猪婆龙是他的使者，团鱼是他的前哨
他骑着红鬃毛的白马，戴着黑色的帽子，玄衣飘飘
他在水面上如风急驰，所到之处大雨纷扰
他气恼于伤心的报告，又忌惮于羿的神力与弓刀
他化作白龙在河面上游行，泛滥于两岸的是轩然的洪涛
他虽为探听宓妃与羿私会的形貌，遭殃的却是洛水的父老
羿受恼于河伯的虚伪：是英雄是孬种不如决战分晓
何需这样又是打探又是乔装
羿一箭射去正中河伯的左眼，可怜那美男子啊落荒而逃
他到天庭哭诉这不公的人世
天帝听过后，却怪他太过招摇

可是啊，经这一闹，情爱全消
可见这爱情的难题是多么古老
悲伤是何其邈邈，来路又是何其迢迢
羿决定回到原先的家中，伤痛全凭着时间来消

谁都惧怕死神，一日日循着光阴的脚步来找
现如今只听说昆仑山的西边，西王母那里藏有不死的良药
羿决心不管路途的艰辛与遥远，求药与嫦娥重归于好
昆仑山啊昆仑山，一万一千里，一百一十四步，二尺六

寸高

一层又一层的山，叠起来像城关，它有九重高，一重一云霄

连着地面的是弱水的深渊，任何东西都会沉没，甚至一朵轻轻羽毛

环绕四周的是炎火的大山，任何东西一碰就着，甚至那铁铸的剑鞘

烈焰来自昼夜燃烧的不死树

不死树上开着不死的花，不死花谢结出不死的果

开一次花几千年过去了，结一次果又过去了几千年

西王母将不死果制成不死的药，藏在何处无人晓

就连她也是来去无影踪

一会儿在西方的玉山顶，一会儿又在西极的崦嵫山

多少人想寻觅那长生不老的神药，以化解死亡来临的恐惧

包括坠入凡尘的神灵，也包括叱咤人间的王者

只有羿突破了水与火的重围，攀上了昆仑山巍峨的山峰

远远地他就听到了空中凄厉的长啸

继而他看到鹰隼和虎豹在没命地逃跑

走近了他看到：峭壁上立着长发的怪神仰着脖子呼嚎

他长着豹子的尾巴，又装有老虎的利牙

他就是西王母呀，他掌管着灾疫和刑罚

叫世间万物怎不惧怕他的嬉笑与怒骂

待到那长空的鸣啸稍稍停下
三只青鸟从三危山上展翅千里来到玉洞的悬崖
飞禽和走兽在它们的利爪下挣扎
不消一会儿就成了西王母的下午茶
羿爬进西王母的岩洞,他正在挥动剔牙的尖爪
一只三脚的神鸟,正把地上的狼藉轻轻地擦
羿把来意说明,西王母万分同情,万分惊诧
他叫过身边的三足鸟,到岩洞的深处把灵药拿
不死的药丸装在小小的葫芦,仅剩两颗别无其他
吃下一颗就可以长活人间,吃下两颗升天成仙也无差
这昆仑山的玉露啊,到底是灵丹还是毒芽?
得不到时叫人日思夜想,得到后又叫人悔恨交加
人间的爱恨情仇谁能作主,生死与聚散那都得到天涯

嫦娥:羿从玉山取来了灵药,死亡的焦灼已不再紧逼
 当活着不再是一个问题,升天就有了新的契机
 想想也真是啊,世道是如此的纷扰,爱情也没有
  永恒的专一
 看日月盈昃,看寒来暑往,那些生老病死仍在身
  边演绎
 哪比得天上逍遥,可俯瞰芸芸众生,号发令施
 我本是飘逸的女神啊,驻留人间不免厌倦至极

羿让我保管这两颗长生的药丸，我视它如摆脱梦
　　魇的希冀
是该我许他一个白首偕老的心心相印
还是该他还我一个天上不变的神籍
我的舞是这样的凌乱啊，我的心是这样的茫然
我的夜是这样的漫长啊，我的魂是这样的慌张
听说王城的山上，有一个名叫有黄的巫师
他有一个用以占卜的神龟啊，足足活满了一千岁
他有一百根用以占卜的神草啊，每一根都覆盖着
　　天上青云
我要去找有黄啊，我要去找有黄，他就在王城的
　　山上
让他来替我解忧吧，他的每一次占卜据说都很灵验
有黄一手持着乌黑的龟壳，一手拨着丈长的草茎
他嘴里的喃喃自语，真叫人又是期盼又是不安
是做一个不老的人还是做一个长生的神
下定决心的已不是我自己！
是长相守还是长相离，今日且作个决断不游移！
有黄的吐字是这样的清晰：
你要单独到达遥远的西方啊，不要害怕也不要迷离
命中注定是这样的结局啊，命中注定是大吉大利

在静悄悄的夜晚，嫦娥的决心却像烈日升起
她将两颗灵药全部倒在手心，心中却腾起一股彻骨的寒冷
她将两颗灵药一起吞进肚子，双眼却落下两颗晶莹的泪滴
神奇的力量回到她的身体，她感到自己已身轻如燕
当她轻轻飘离窗口，窗外是浩瀚无边的夜空
皓月团圞，星辰环绕，天上的景致与过去一模一样
可是她已形只影单，惶惑到底该前往何方

嫦娥：羿啊羿，我到底还是想起了你
　　　想起了你我就泪有千行——
　　　去天府我无颜以对相识的众神，回人间我又心有
　　　　　不甘
　　　作为一个妻子我已叛离丈夫，仅此一点又有谁能
　　　　　宽恕
　　　可叹那天地之大，寰宇浩渺
　　　也不能容下一个女子的心思
　　　从神到人，从人到神，来来去去的命运从不由我
　　　从天到地，从地到天，上上下下的腾挪早就注定
　　　从爱到怨，从怨到爱，左左右右的聚散互有因果
　　　这一切的一切我向谁诉说，向谁诉说这无形的网罗
　　　我看那皎洁的明月也是孤单
　　　今夜如此盈圆莫非是在迎我？

我这就去月宫把自己深藏，是寂寞是忧伤且独自
　　　　承担

羿：我回到家中，只有空空的房屋，冰冷的灶火
　　葫芦空置，良药已尽，甚至无须去追问谁对谁错
　　贴身陪伴的从此是天人相隔，是无穷的孤单落寞
　　往事已不可追，尽管音容仍历历如昨
　　前程已不可问，哪怕思念会无处可躲
　　夜鸟高飞，夜风寂寂，问此生怎安妥
　　夜空高悬，夜黑如墨，只能叹莫莫莫

死亡何所惧，来日恐无多
问人间计无可施，空余力把大雁射落
羞愧如满月的潮汐，烦躁如当空的焦灼
羿的性情从此阴晴不定，怒和恨忽右忽左
老去的生命令人灰心，漫山的浪游也不可解脱
痛恨者的痛恨，只会用竹鞭狠狠诉说
伤心人的伤心，家奴们已无需琢磨
弟子中有叫逢蒙的，论箭术世间曾无双
人们也曾请他把十日射，无奈力不逮，响箭云中返
从此后他把羿来拜，学本领一日比一日勤
练定力：拿锥子去锥他也不会把眼皮来抬

练视力：看一只小小虱子也大如一个车轮
逢蒙的术已可走天涯，逢蒙的心却像针尖
暗算羿的念头常常在他的心头盘绕
受毒打他把仇恨记，挑动众家奴一起欲把羿来杀
除去天下善射者，逢蒙当之无愧可把海口夸
这妒火如在胸中烧，这怒火似在脑中扰
众人悄悄把桃木削，阴谋的圈套就这样设置好

羿在原野把明月眺，明月俯瞰他却不带一分妖娆
他进三步把心思告，明月退三步把青云笼罩
他退三步是心黯然，明月进三步又把清辉照
无边的广寒里，只有蟾蜍和玉兔无声的喊叫
那一棵刚刚长成的桂树，又被吴刚砍倒
月宫挂在天与地当中，此等距离爱与恨哪样能少
羿一腔愤懑如此难消，且归家田把长夜来熬
谁能料劫数难逃，桃木棒在脑后重重一敲
英勇的羿曾是这样的无敌，可叹竟死于阴谋的圈套
羿死后人们奉他为宗布神，家家户户供堂屋把香火烧
论职务他统领天下万鬼，诛邪恶他仍是天下的英豪
啊呀呀，从神到人，神的踪迹里，人的情感缥缈
啊呀呀，从人到神，人的步履中，神的旨意招摇
古今多少事，都在神话里一曲唱了，一曲唱了！

图书在版编目(CIP)数据

盐的家族/缪克构著. —上海:华东师范大学出版社,2019
ISBN 978-7-5675-9386-2

Ⅰ.①盐… Ⅱ.①缪… Ⅲ.①诗集—中国—当代 Ⅳ.①I227

中国版本图书馆 CIP 数据核字(2019)第 132004 号

华东师范大学出版社六点分社
企划人 倪为国

本书著作权、版式和装帧设计受世界版权公约和中华人民共和国著作权法保护

盐的家族

著　者	缪克构
责任编辑	古　冈　徐　平
封面设计	夏艺堂
出版发行	华东师范大学出版社
社　址	上海市中山北路 3663 号　邮编　200062
网　址	www.ecnupress.com.cn
电　话	021-60821666　行政传真　021-62572105
客服电话	021-62865537　门市(邮购)电话　021-62869887
地　址	上海市中山北路 3663 号华东师范大学校内先锋路口
网　店	http://hdsdcbs.tmall.com
印刷者	上海盛隆印务有限公司
开　本	880×1200　1/32
插　页	1
印　张	6.75
字　数	130 千字
版　次	2019 年 8 月第 1 版
印　次	2019 年 8 月第 1 次
书　号	ISBN 978-7-5675-9386-2
定　价	68.00 元
出 版 人	王　焰

(如发现本版图书有印订质量问题,请寄回本社客服中心调换或者电话 021-62865537 联系)